ふしぎ探偵 竜翔

小沢章友
Ozawa Akitomo

文芸社文庫

目次

■主な登場人物

竜造寺翔　千駄ヶ谷のミステリー・ファンタジー作家、通称「竜翔《りゅうしょう》」
森アラン摩璃子　お嬢様女子大出の二十四歳のかけだし編集者
宮本孝正　国会裏図書館の司書。竜造寺の同級生
黒田保　写真雑誌の編集者
大河原大三　引退した船長、自称シンドバッド十三世。竜造寺と同じマンションの住人
菊村恭介　口ひげの昆虫学者。フランス文学者でもあり女性心理にくわしい
花輪美織　青山神社のひとり娘。霊感少女
花輪さよ　青山神社の女宮司《ぐうじ》で、美織の祖母。霊能力者
緑川みずき　竜造寺の初恋の相手
白石すず　自殺した女優
津嘉山弾吉　劇団怪奇座の座長

第一話　エンジェル・モルフォ蝶

一　走る摩璃子

初夏の空が青くひろがっていた。

新宿御苑の千駄ヶ谷門をくぐって、すぐの草原に、三本の大木がそびえている。なにかを親密に語り合うように、ほどよい距離をたもって、空に枝を伸ばしている三本のアメリカンプラタナスの、ちょうど中心にあたる木陰に、竜造寺翔はいた。

スリムなジーンズをはいたひょろ長い脚を草むらに投げ出し、葉むらから、ちらちらと洩れるまばゆい日射しに眼を細めながら、午前中に書いた小説原稿を読んでいた翔は、このとき伸びをして、不満そうにつぶやいた。

「うん、なんか、いまいち、なんだよな。いや、いまに、いまさん、かな……」

竜造寺翔は、ミステリー・ファンタジー作家だった。

背が高く、胸や腕に筋肉はついていたが、全体にやせぎみで、眼がやさしかった。まぶたを伏せると、睫毛の長さが目立った。鼻は高く、くちびるはうすい。髪は自然にウェーブのかかった長髪で、肩あたりまで伸びている。

「まあ、昼飯で、気分を変えよう」

翔は体を起こし、原稿をデニム生地のスリーウェイ・バッグにしまい、そばに置いてあった紙袋から、長いバゲットをとりだした。このバゲットは皮が適度にかたく、中がふわりとしていて、かすかに塩気があって、翔のお気に入りだった。

ウエットティッシュで、手をふき、バゲットを頭からかじろうとしたとき、携帯が鳴った。着信音であるビートルズの『ザ・ロング・アンド・ワインディング・ロード』が草むらに響きわたったのだ。

翔はジーンズの右ポケットから携帯をとりだした。

「はい、どなた」

翔は、携帯に誰も電話帳登録をしていなかった。めんどうくさいからと自分に弁解していたが、じつのところは、登録の仕方がよくわからなかったのだ。

「竜翔先生」

やや甲高い、よくとおる、森アラン摩璃子の声が聴こえた。なぜか息が荒い。タッタッタッと走る軽快な足音も、ついでに聴こえてくる。

また走りながら、携帯かけているな。

摩璃子はとにかくよく走った。翔がどこへ行くのにも、らくちんな電動ママチャリを使うのにたいして、摩璃子はどこへ行くのにも、颯爽《さっそう》と走っているようだった。

摩璃子は、祖父がフランス人のクォーターで、翔を担当している二十四歳の編集者で、編集者になって、まだ一年ほどの新人だった。

ふつう新人は文芸作家を担当する編集者にすぐにはなれないが、「竜翔」を担当した編集者はなぜか転職するという、妙なジンクスが出版界にあり、このため、翔の担当になることを、ベテランの編集者たちはひそかに恐れていた。

というわけで、恐れを知らない新人の摩璃子が、雑誌『ミステリーズ』で、翔の連載小説『不思議探偵ジュリアン』を担当する編集者になったのだが、すでに平然と「竜翔先生」と親しげに呼びかける心臓の強さを、摩璃子はもっていた。

携帯の向こうから、摩璃子が早口で言った。

「竜翔先生はいま、どこにいらっしゃるんですか?」

翔が返事する前に、摩璃子はタッタッタッタッと走りながら言った。

「きっと、新宿御苑でしょう」

バゲットをかじり、かじり、翔は答えた。

「どうして、わかったんだ」

「わかりますよ。じゃあ、もう五分くらいしたら、そこへ行きますから。待っていてください」

もう五分?

翔は面食らった。

「いま、どこにいるんだ？　いま、とっても変なことが起きているんですよ」

摩璃子が走りながら言った。

「変なこと？」

「それに、不思議なんです」

「なにが、そんなに変で、不思議なんだよ？」

「くわしくは、じかにお会いしてお話しします。先生、午前中の執筆は、ジュンチョーに終わられたんですよね」

ジュンチョー？

だろうか？

翔は、バゲットをかじりながら、いや、いまいち、いまに、いまさんなんだけどね、とは言えず、

「あ、まあ、なんとか」

と、シブい声で言った。

するどく、執筆のフチョーを感じとったのか、摩璃子が早口で言った。

「今度のことは、先生には、とっても興味深いと思いますよ。きっと、グッドアイデ

イアがひらめくと思いますよ」

グッドアイディアだって？

『ジュリアン』シリーズは、いつもなら、雑誌締め切りの数日前、早いときは十日前には鼻歌まじりで、すーいすいと、書き上げていた。ところが、今回の第六巻『魔王と死のエクトプラズム』は、前月にはジュンチョーだったストーリーが、今月はいきなりフチョーになってしまい、「どうか、エンターテイメントの女神さま、おもしろストーリーをおあたえください」と、お願いしたいくらいだったのである。

「きっと、ひらめく？」

翔はすがるようにたずねた。

「きっと、ひらめきます。きっと」

摩璃子は確信をこめた口ぶりで、タッタッタッと疾走しながら言った。

「じゃあ、あと二分後にそこへ行きますから」

そこで、携帯が切れた。

「百二十秒後か」

翔はつぶやきながら、ちらりと腕時計を見やって、ポケットに携帯をしまった。

摩璃子は白金学院女子高校、女子大学を通して、陸上部の中距離選手だった。国体出場こそ逃したが、卒業したいまでも健脚を誇り、原則的にはタクシーや電車を使わず、「わたしは、どこどこまでも走っていくぞ」というポリシーをくずさなかった。

翔の眼には、摩璃子が赤い鞄を小脇にかかえ、しゃれたミニスカートにナイキのスニーカーという姿で、新宿御苑に向かって、タッタッタッと、軽快に走ってくる姿が見えるようだった。

翔はあらためてバゲットをかじりはじめた。固い皮をガジガジと、しばらくかじったあと、うらめしそうに見やった。

「しょうがない、おもしろストーリーのためだ。半分は残すか」

翔は長いバゲットを半分折った。


電話を終えてからきっかり百秒後に、摩璃子は、御苑の入場券二百円をはらって、千駄ヶ谷門をくぐった。そのあと二十秒後に、草原を駆けて、翔の前の草むらにすわった。

全力疾走のために、呼吸が荒かった。

真っ黒なストレートヘアーに、丸みをおびた顔で、ひとよりも一・二倍ほども大きな眼がきらきらと輝いている。摩璃子は、出版界ではその可愛らしさで、一、二を争うといわれていた。

「竜翔先生」

グレイのミニスカートから、白い膝小僧がまぶしくのぞいているのをちらりと見たあと、翔はいやいやバゲットをさしだした。

「半分だけど」

「ありがとうございます。竜翔先生ごひいきのバゲットですね」

遠慮なく受け取ったあと、摩璃子は早口で言った。

「でも、いまは、バゲットどころじゃないんですよ」

「あ、いらないんだ。んなら、ぼくが」

さっそく取り返そうとする翔の手をすいっとかわして、摩璃子は言った。

「いらないわけじゃ、ありません。でも、とにかく、大変なんですよ」

「なにが、大変なんだよ?」

「わたしのまた従妹にあたる、はなわみおりちゃんが大変なんです」

「はなわ、みおり? 鼻のわっかに、美しい織物かな?」

「鼻じゃありませんよ。花です」

「鼻?」

「いいえ、花です」

「ぼくのイントネーションをカバラにしてるな?」

翔は抗議した。

小学六年まで、保険会社勤務の父の仕事のために、日本の各地を転々とさせられた翔は、日本語のイントネーションが苦手だった。雨も、飴も、いっしょだったし、箸も、橋も、鼻も、花も、いっしょの抑揚だったのだ。それは翔のたくさん抱えているコンプレックスのひとつだった。

「カバにも、カバラにも、してません」

摩璃子はきっぱりと言った。

「とにかく、青山神社のひとり娘の美織ちゃんが、もう七日間も眠りつづけているんですよ」

「七日間？」

「ええ。今日、美織ちゃんのおばあさまから連絡があって、わたしも、はじめてそのことを知ったんです」

「おばあさんから？　お母さんから、ではないのか」

「美織ちゃんのお母さまは、わたしの母の従妹なんですけど、不幸なことに、飛行機事故でご主人といっしょに亡くなってしまわれたんです。宮司《ぐうじ》だったおじいさまも亡くなっていて、美織ちゃんは、おばあさまとふたり暮らしなんです」

「両親がいないのか。それで、その子はほんとうに、七日間も眠りつづけているのかい？」

「ええ、その間、一度もめざめないというんですよ」

「一度も？」

「ええ、一度も」

翔は首をかしげて、左手の中指で、ちょいちょいと左眉をなでた。

なにか不思議なできごとに出合うと、翔はそうするのが癖だった。ついでにいうと、不愉快なできごとにあうと、右手の小指で、じりっじりっと右眉をなでるのだった。

「その、花輪美織ちゃんは何歳なのかな？」

「蠍座生まれですから、今年十四歳になりますけど、まだ十三歳です」

蠍座か、そいつはいい。

じつは翔も、蠍座だった。同じ星座だというだけで、たちまち親近感を抱いて、翔は言った。

「十三歳の美織ちゃんが七日間めざめないんだね」

「それって、変でしょう。異常じゃありませんか。そんなに長いこと、めざめないなんて。絶対、絶対、変ですよね」

「まあ、いくら寝坊助でも、そう長くは眠れないからな。学校には、どう通知しているんだろう」

「病欠ですよ。美織ちゃんは、青山三つ葉学院の中等部二年生なんですけど、もともと体が弱いこともあって、いちおう病気で欠席ということにしてあるんです」

摩璃子は赤いくちびるをとがらせて、言った。

「かかりつけの医者も、それ以外に来てもらった医者も、みんな原因がわからないって、さじを投げているんです」

「衰弱しないように、栄養剤なんかの点滴は？」

「美織ちゃん、針に弱いんですよ」

「針に？」

「ええ、敏感すぎて、かぶれてしまうんです。だから、点滴はしていないんですよ」

「それで、だいじょうぶなのかな」

「だいじょうぶみたいです。美織ちゃん、こんこんと眠りつづけていて、むろん食べることもないし、体の外に出すものもないんですって。ね、これって、竜翔先生が解決するのに、ぴったりの事件だと思いませんか？」

「ぼくが解決するって？」

摩璃子は大きな眼をまばたかせて、うなずいた。

「そうですよ、ぴったりです」

それから摩璃子は、小顔にしては大きな口をあけ、バゲットにかぶりついた。摩璃子の特技のひとつは、おそろしく大食いで、しかも早食いであることだった。バゲットをみるみる食べつくしていきながら、摩璃子は言った。

「これって、ぜったい、竜翔先生の腕のみせどころですよ」

「腕のみせどころって、ぼくは、眠りを起こすのが得意な医者でも、心理学者でも、探偵でもないよ」

摩璃子は丸い眼をさらに丸くして、翔を見つめた。

「あら、竜翔先生は、今年の三月十二日、千駄ヶ谷のグッドモーニングカフェでの打ち合わせで、アサイー入りの生野菜ジュースを飲みながら、午後一時三十四分に、おっしゃったじゃありませんか。もしかしたら、ぼくには、人知れず不思議な力があるかもしれないよって。あの日のこと、おぼえていらっしゃいますよね」

なになに。

三月十二日のグッドモーニングカフェの午後一時三十四分？

アサイー入りの生野菜ジュース？

よくも、そんな細かいことまで、おぼえているものだ。

「いや、たしかに、そんなこと言ったかもしれないけれど。でも、そんなの……」

摩璃子は、きっとした眼で、翔を見た。

「じゃあ、うそをおっしゃったんですか、竜翔先生は」

「いや、うそとか、そんなんじゃなくて、その、なんとなくそんな気はするけれど、でも……」

翔がへどもど言っているうちに、摩璃子は残りのバゲットを食べ終え、ハンカチで口元をぬぐい、今度はやさしい口調で言った。

「だいじょうぶですよ、竜翔先生。わたしが担当している『不思議探偵ジュリアン』には、アストラル・トリップや瞑想法などの、いろんな得意技を使って、不思議なできごとの謎をつぎつぎに解いていく主人公が描かれているじゃありませんか」

摩璃子は角ばった赤い鞄から、Ａ４の白い紙をとりだした。

「ほら、ここに、ジュリアンの得意技十八番が列記してあります。わたし、このあいだ、一覧表にまとめてみたんです」

白い紙には、ジュリアンが不思議事件を解決するための技が、ずらりと一覧表になっていた。


一番、アストラル・トリップ。

二番、超気功波。

三番、オートマティスム。

四番、サード・アイ。

五番、霊的治療（ヒーリング）……。

白い紙をふりかざし、摩璃子は言った。

「ね、これにまちがいないですよね」

まるで歌舞伎十八番を列記したような、十八の得意技が書かれた一覧表を見て、翔は言いわけをした。

「いや、君。これらの技は、あくまでもぼくの想像だよ。こんな技が使えたらいいなと思いながら、書いたものなんだよ」

「あら。竜翔先生は、不思議探偵ジュリアンに、こう言わせていますよね。ほら、第一巻『暗黒魔女リリスとの対決』での、十二ページの六行めですよ。もちろん、覚えていらっしゃいますよね」

なになに、ええっと。

翔はそのページを思い起こそうとした。

あそこでは、探偵ジュリアンが助手の篠田幸太郎少年に、たしかこんなことを言うのではなかったか。

――いいかい、ひとが想像したことは、いずれは現実になるかもしれないんだよ。

たしか、そんなふうだったかな……。

すると、摩璃子は言った。

「いいですか、竜翔先生。あのページの三行めで、助手の篠田少年が、『そんなことありえない』って、叫ぶと、ジュリアンが四行めで、どこかしらおごそかな、でも悲しみの表情をたたえて、こう言うんですよね。『篠田君、君にはまだわからない世界がいっぱいあるんだよ。ありえないと思えることだって、その世界ではありうるんだよ』。そして六行めで、ジュリアンはしみじみとした口調で、篠田少年にこう言い聞かせるんですよね。『いいかい、君はこう考えたほうがいい。ひとが想像したことは、いずれは現実のことになる』って」

「む……」

一度眼を通した文字は、ばしっと、正確無比に、カメラのように頭脳に焼きつける。摩璃子の驚異的な記憶力に舌を巻きながら、翔は言った。

「い、いや。それはH・G・ウェルズという偉大なSF作家の言葉を借りてきたもので、ぼくも、実際そうなってほしいとは思うよ。でも……」

「だいじょうぶです。竜翔先生には、不思議な力があります。先生を一年担当してきたわたしの眼に、まちがいはありません」

摩璃子は強くうなずいて、きっぱりと言った。

「きっと、竜翔先生なら、美織ちゃんの眠りの謎を解いて、愛らしい眼をぱっちりとひらかせてくれる。わたしはそう信じていますから」

摩璃子は立ち上がり、グレイのミニスカートに付着した草を、細い指で、ぱっぱっとはらいのけ、翔をうながした。

「さ、行きましょう、竜翔先生」

「え、どこに？」

「きまってます。青山神社ですよ。美織ちゃんに会ってくださいな。わたし、おばあさまに約束してきたんです。これから、えらい先生を連れてくるって」

「えらい先生？」

「そうです。難事件なら、まかせてくれっていう、えらい先生でしょ、竜翔先生は」

「ちょっ、ちょっと、待ってくれよ」

「どうしたんですか」

「いくらなんでも、ぼくにも、心の準備というものが。まだ昼食も終わっていないし……」

「じゃあ、いましてください、心の準備を」

とりつくしまもなく、摩璃子は言った。翔はしかたなく、バゲットの残りを、もそもそと食べ終えた。

「できましたね、心の準備。じゃあ、行きますよ、竜翔先生」

翔はつぶやいた。

「でも、ぼくには、ちょっとばかり……」

するると、摩璃子が眉をきゅっと吊り上げ、怖い顔になって、翔を睨《にら》みつけた。

「いいですか、竜翔先生。美織ちゃんは、びっくりするほど可愛い子なんです。いまどき、こんな清楚な子がいるんだろうかって思えるくらいの。その子がずっと眠りつづけていて、もしかしたら、このままめざめることなく、死んでしまうかもしれないんですよ」

摩璃子の剣幕に、翔は眉をしかめた。

その、びっくりするほど可愛くなかったら、眠りつづけさせてもいいのか、と屁理屈をこねたくなったが、口には出せなかった。

「わかったから」

翔が言うと、摩璃子は吊り上げた眉を下げて、微笑した。

「ありがとうございます、竜翔先生。さっそく行きましょう」

ひょろ長い脚で、翔が立ち上がると、摩璃子は翔の後ろにまわって、シャツの背中やジーンズに付着した草を、ていねいにはらった。

「ほら、こんなにまた、いっぱい草をつけて。シートを敷けばいいのに。百円ショップにあるでしょう」

子供を叱る母親のように言ったあと、摩璃子はシャツの首筋についているタッグをつまんだ。

「さ、あの樹の陰に行って、シャツを脱いでください」

「え？　なんで？」

「また、竜翔先生、シャツを裏返しに着ていらっしゃるんですよ。このままじゃ、美織ちゃんのおばあさまに笑われますから」

そう言うと、摩璃子は御苑の出口に向かって走って行った。

しまった。また裏返しに着ていたか。

翔は赤面しつつ、アメリカンプラタナスの大木の陰で、シャツを脱いで、表返しにした。


千駄ヶ谷門の脇に、自転車置き場があった。

その隅っこに、翔の愛車である、シルバーグレイ色に輝く電動ママチャリが止めてあった。翔はその愛車をひそかに「觔斗雲《きんとうん》」と名づけていた。それは孫悟空の乗る雲の名前で、ひとっ飛びで、十万八千里という驚異の能力をもっていた。むろん、翔のママチャリにそんな力はなかった。

翔は愛車の鍵をあけた。前のカゴに、原稿と創作ノオトの詰まっているデニム地のバッグを入れた。

「じゃあ、わたしが青山神社まで案内します」

摩璃子が言った。

「え、ぼくはチャリに乗るけど」

翔はもうしわけなさそうに言った。

「ここいらは、おおっぴらに二人乗りできないんだよ。駅前に、交番もあるし……」

摩璃子は白い歯を見せて微笑し、元気な声で言った。

「だいじょうぶですよ。わたし、自転車の前を走りますから、竜翔先生はあとを追ってきてください」

そう言うと、摩璃子は鞄を小脇に抱えて走り出した。千駄ヶ谷門から舗道をダッシュしていく摩璃子を、翔は愛車のペダルを漕いで、追いかけた。

二　眠れる美少女

十五分後、摩璃子と翔は青山神社に到着した。その神社は、青山墓地と区営の球技場のあいだに、ひっそりとめだたない門をかまえていた。門前で、摩璃子はなにかを祈るように両手をあわせた。

翔は正門入ってすぐの繁みの前に、愛車を止めた。

「社殿はあちらで、美織ちゃんとおばあさまは別棟に住んでいるんです。美織ちゃんのおばあさまは津山市の西賀茂神社の娘さんだったんですよ」

摩璃子は言った。

白砂の上に一列に敷かれた砂利道を、じゃりじゃりと音をたて、翔と摩璃子は歩いていった。社殿と少し離れた森の中に、洒落たペンションのような社務所があった。

「ここですよ、竜翔先生」

摩璃子は玄関のベルを鳴らした。渋い結城紬をまとった、銀髪の老女があらわれた。

眼も、鼻も、唇も、異様に細い。

青山神社の宮司である花輪さよだった。

「摩璃子はん、おおきに」

さよは流暢な京都弁で言った。

「竜翔先生、いや、竜造寺先生をお連れしました。先生は不思議なファンタジーをたくさん執筆されていて、そうしたことに、とってもくわしいかたなんです。きっと力になっていただけるはずです」

摩璃子は言った。

「そうどしたか」

さよは眼を細めて、翔を見つめた。

「先生、孫の美織のために、わざわざ来てくれはって、ほんまに、おおきに」

しかし、その感謝の物言いは言葉通りではなかった。

この男、いかがわしい男ではないのか。だいたい、不思議なファンタジーを書いているなどという男に、まっとうな男がいるはずがない。

さよのそんな疑念を感じた翔は、逃げごしになって言った。

「いや、ぼくなんか、ほんとに力になれるか、どうか……」

摩璃子がきっとした眼で、翔を見やった。それから、早口で言った。

「竜翔先生は、とっても謙遜家なんです。でも、ひとのもっていない力を、たくさんもっていらっしゃいますから」

　さよは、白い眉をひそめ、細い眼をさらにひとすじの糸のように細めて、ゆっくりとうなずいた。そんなら、その力とやらを拝見させていただきましょうか。そう言いたげなまなざしだった。

「どうぞ、こちらへ」

　さよに案内されて、翔と摩璃子は、美織の部屋に向かった。廊下の先に、海の底のような深い群青色の扉があった。

　あそこか、少女の部屋は。

　扉をさよがあけたとき、翔は、室内から独特な香りが漂ってくるのを嗅《か》ぎ取った。

　ん、なんだ、この香りは？

「さ、お入りください」

　うながされて入った瞬間、翔は息をのんだ。

　部屋の壁中に、ドライフラワーが吊るされていた。薔薇、ダリア、百合、菊、ひなげし、水仙、たんぽぽなどが色褪《あ》せ、しおれきって、深い静けさにつつまれて、吊るされている。独特な香りは、それらドライフラワーから放たれていたのだ。

　こんなものが好きなのか、この子は。盛りの花ではなくて、枯れ、しおれてしまった花が好きだとは。

部屋の奥に窓があり、天蓋から白いヴェールがおろされた、メルヒェンの国にあるようなベッドがあった。美織はそこで眠っていた。

「あの子ですよ、竜翔先生」

摩璃子がささやいた。

ためらい、ためらい、近づいていった翔は、少女の顔を見たとき、息がとまるような驚きを覚えた。

みずきに似ている。

「竜翔先生」

摩璃子がいぶかしそうにささやいた。

「どうなさったんですか？」

翔は、はっとした。

ちがう。この子は、ぼくが恋した緑川みずきとは、無関係の少女だ。

「どうして、でっしゃろなあ」

さよが、こまりはてたように、つぶやいた。

「もう、七日も起きはらしまへんのや。なんや、わるいお狐はんがついたんやろか、それとも、けったいな眠り病にでもかかったんやろか……」

そのとき、さよの袖から、優美な琴の調べによる携帯の着信が鳴った。さよは携帯を手にとって、耳に当てた。

「へえ、へえ。そら、大変どしたな……」

二度ほどうなずくと、さよは携帯を耳に当てたまま、翔と摩璃子に言った。

「ちょっと、失礼させていただきます」

部屋を出しなに、さよは白い眉をつりあげて、警戒するようなきつい視線を翔に送った。それは「孫に変なことをしたら、承知いたしませんよ」という、まなざしだった。

摩璃子が言った。

「竜翔先生、綺麗な子でしょう」

翔はあらためて美織を見つめた。長い黒髪に顔をおおわれた美織は、青白い静脈がうっすらと浮かぶ首を白い寝衣からのぞかせていて、鼻が細くて高く、小鼻はきゃしゃで、唇は小さな薔薇の蕾《つぼみ》のようだった。

「ね、いまどき、こんなに清楚な感じの子って、めったにいないでしょう。ぜひとも、めざめさせてやりたい。そう思われませんか、竜翔先生」

そのとき、長い睫毛が生えそろった美織のまぶたがかすかに動いた。まるでそれは白い美しい貝殻を伏せたようなまぶたの中に、神秘の生き物が棲《す》んでいて、左右に動いているようだった。

「夢をみている」

翔はつぶやいた。

「夢を？　どうしてわかるんですか？」

「まぶたの裏で、眼球が動いている。これはREM運動といって、いま夢をみているって、告げているんだ」

「REM運動、ですか」

翔はうなずいた。

「ほら、また動いた」

じいっと、まぶたの動きを見つめていた摩璃子がささやいた。

「美織ちゃん、どんな夢をみているのでしょう？　いい夢なのでしょうか、それとも……」

翔は黙って、首をふった。

「怖い夢かも、しれないんですか？」

摩璃子がささやいた。

「わからないよ。外からは視えないからね。でも、どんな夢をみているのか、それがわかったら、眼をさまさない理由がわかるかもしれない」

「じゃあ、外からじゃなくって、内から視たら、どうでしょう？」

「え？」

翔は摩璃子の顔を見た。

「竜翔先生が、美織ちゃんの夢のなかにはいっていけば、いいんですよ」

「ぼくが？」

摩璃子がここぞとばかり、赤い鞄から一枚の紙をとりだした。

「ほら、これですよ、これ。『不思議探偵ジュリアン』の得意技ですよ」

摩璃子は五番めに書かれている言葉を指し示した。

「この、四番めの『サード・アイ』をためしてみたら、いかがでしょう」

「……サード・アイか」

「そうですよ。ほら、ジュリアンが得意中の得意としているじゃありませんか」

摩璃子は細いひとさし指で、自分の眉間を指した。

「ひたいの中ほど、眉間のすぐ上あたりにあると言われている『第三の眼』に、ひとさし指をあて、相手の脳の中に生じているアルタード・ステーツ、変性意識を透視する、という技ですすよ」

摩璃子はとうとうと述べたてた。

「ね、竜翔先生。この技を使えば、美織ちゃんがどんな夢をみているか、それを知ることができるのじゃありませんか」

このとき翔の脳裡に、二十年前のことがよみがえった。

中学一年生の春だった。音羽に向かう通学バスに乗っていた翔は、『夢の書』を読みふけっていた。

それは、さまざまな夢について書かれた本で、そのとき翔は、夢見る能力をたえず養って暮らしているカナダのチッペワ族が、夢見のときに、くちずさむ歌を読んでいた。

空を
わたしは歩いている
鳥とつれだって……

そのときだった。緑川みずきが途中のバス停から乗ってきて、一番後ろの席にいた翔のとなりにすわったのだ。

まさか。みずきが、ぼくのとなりに。

翔は『夢の書』を閉じた。息をつめて、みずきに肩が触れないように、じっと身を固くしていると、受験勉強で寝不足だったのか、みずきがうとうとしはじめた。そして翔の肩に、ラベンダーの香りがする黒い髪をもたれかけさせた。

そんなことって。

心臓が高鳴り、翔は横目で、そうっとみずきをうかがった。すると、うたたねしているみずきのまぶたがかすかに動いた。

あっ。瞳がREM運動をしている。夢をみているのだ。いま、みずきはどんな夢をみているのだろう?

そのころ、心霊現象や神秘学、オカルトなどに興味を抱いて、さまざまな書物を読みふけっていた翔は、そのとき突飛なことを思いついた。

第三の眼だ。みずきの第三の眼に、ひとさし指をあてたら、夢がわかるかもしれないぞ。

どぎまぎしながら、みずきの細い弓なりの眉を見やって、翔は思った。

あのあたり、眉間のちょっと上のあたりだ。あそこに、サード・アイ、第三の眼があるといわれているじゃないか。こんなに好きでたまらないんだから、恋する力で、ひょっとしたら、視えるかもしれないぞ。でも、みずきが驚いて、眼をさましたら、どうしよう。なにをしているのって、睨みつけるかもしれないぞ。

そのとき、バスが曲がり角で大きく揺れた。

いまだ。バスの揺れにかこつけてしまえ。

翔はとっさに、ひとさし指を伸ばして、みずきの第三の眼と思われるあたりに、指先をあてた。なめらかな白いひたいに触れた瞬間、翔の脳髄に、ひとつの光景が視えた。そこは、みわたすかぎりの青い草原だった。きもちのよい風がふきすぎるなか、白い鳥が飛んでいる。

視たぞ、視たぞ。みずきの夢を視たぞ。みずきはチッペワ族みたいに、夢の中で鳥になって、草原を飛んでいるのか。よし、ついでだ。

――めざめたら、ぼくのことを好きになって。

念じた瞬間だった。

青い草原が突然かき曇った。むくむくと黒い雲が四方から突然あらわれて、晴れわたっていた世界がみるみる真っ暗になっていったのだ。

そのとき、翔は、みずきの夢の中にひそむ、なにか危険なものを感じた。世界を闇でおおっていった黒い雲は、なぜか翔に対して、殺意にも似たものを抱いているようだった。

あぶない。翔が急いでひとさし指をひっこめるのと、みずきが眼をみひらくのが、ほとんど同時だった。

みずきはまだなかば眠っているようなまなざしで、隣の翔を見やった。翔はちらっと眼をあわせたあと、すぐに顔を伏せた。そのときのみずきの表情は、翔にとって、よくわからないものだった。

好きになってほしいという、ぼくの念力は通じたのだろうか？

それから翔はずっとうつむいていたが、不安な気持ちにかられると、となりのみずきをすばやく盗み見た。

しかし、みずきの表情は変わらなかった。桜女子学院のバス停が近づくと、みずきはすっと席を立った。そして横を向いたきり、二度とうたたねをしなかった。翔のことはまるきり気にしていないようだった。


「ねえ、竜翔先生」

摩璃子の声が、翔を追憶からひきもどした。

「ジュリアンの得意技、『サード・アイ』に挑戦してみたら、どうでしょう」

「……そうだね」

翔は眠る美織を見つめた。

たしかに、あのときは、みずきの夢が視えたような気がした。しかし、あれは、ほんとうにみずきの夢だったのだろうか？　あれは、ぼくが頭の中で勝手にこしらえたヴィジョンではなかったのか？

翔は考えた。

あのあと、ぼくは自分には不思議な力があるぞと、有頂天になった。自分には隠された力があると思いこんでしまった。だからこそ、あのときみずきに触れて感じた力を、『サード・アイ』として、『不思議探偵ジュリアン』の得意技に仕立てたのだ。けれど、あのときに感じたものは、ほんとうの力だったのだろうか？

ゆれる翔の心を、摩璃子がせかした。

「きっと、竜翔先生なら、あの技が使えますよ」

摩璃子はベッドの脇に置いてある白い木の椅子を、美織の顔の近くに引き寄せた。

「ほら、ここにすわってくださいよ。竜翔先生」

摩璃子はうながした。

「ジュリアンみたいに、まず瞑想するんですよ。そして、美織ちゃんの眠りに波長をあわせてから、第三の眼に、ひとさし指をあててみたら、どうでしょう」

翔は木の椅子を見つめた。

ほんとうに、あれをまたおこなうのか？　みずきにしたように、この子にそれをしてみるのか？

どうしよう。翔のなかでゆれていた気持ちが、このときさだまった。よし、あれがほんとうの力だったかどうか。それを知るためにも、サード・アイをためしてみよう。

「わかった」

翔は摩璃子を見て、うなずいた。

「ためしてみよう」

摩璃子がうれしそうに言った。

「そうですよ。それでこそ、不思議小説家、竜翔先生ですよ」

翔はベッドの横に置いてある椅子にすわった。

まずはジュリアンのように瞑想しよう。翔は深呼吸してから、眼を閉じた。眠る美織の呼吸に、耳を澄ませた。

サード・アイをおこなうには、相手と波長をあわせなくてはならない。

吸う、吐く。吸う、吐く……。

美織の呼吸に、意識を集中させて、自分の呼吸をあわせた。

いいか。瞑想のときは、なにも考えるな。なにか思念が浮かんだら、ただちに流せ。

そう自分に言い聞かせながら、翔は瞑想にはいった。しかし、つぎつぎと邪念が湧いてきた。うまく書けない原稿から、摩璃子に半分やったバゲット、裏返しのシャツ、御苑の空に浮かんでいた雲、初恋のみずき……。流しても、流しても、無になれなかった。

だめだ。

一分ほどして、翔は眼をみひらいた。

瞑想はいいから、実地に入ろう。

翔は、そろそろとひとさし指を、美織の白いひたいに向かって、伸ばしていった。

このあたりが、第三の眼か。みずきのときも、このあたりだった。

翔は、ひとさし指を美織の眉間の上に、そうっとあてた。吸いつくように滑らかな白い肌に触れたとたん、真っ白な光に、翔はつつまれた。

まばゆいばかりの光の向こうに、美織が眠っていた。まるで空中浮揚をしているように、空間に浮いている。

ひょっとすると、これが美織の夢の中の光景なのだろうか？　もしもこれが、美織がいま視ている夢だとしたら、ぼくはその中にほんとうに入りこめたということになるけど……。

翔はそろそろと近づいていった。美織は白いベッドに横たわっているときのように眠っている様子だった。

しかし、どうすれば、彼女をめざめさせることができるのだろう？

一歩一歩美織に近づいていくと、どこからか、すっと風が吹いてきた。ここちよいそよ風だった。

風か。そう感じたとたん、ふいに、大地が底鳴りするような不気味な音があたりに響きわたった。なんだ、なにがはじまるんだ？　翔は不安になった。すると、不気味に響く大地の音に呼応するように、風の勢いがすこしずつ強くなっていった。

なんだ、そよ風じゃないのか。これはあぶないぞ。吹き飛ばされないようにしないと。そう思っていると、風の勢いはさらに強まり、びゅうびゅうと音をたてながら激しくなっていった。これは逃げなくてはいけないかもしれないぞ。でも、逃げるといっても、どこに逃げたらいいのだろう。

見ると、凄まじい風の中で、美織はなにごともないように、しずかに眠りつづけている。まるで美織のまわりだけは別空間になっていて、激しく吹きまくる風はそこには届かないようだった。

もっと美織に近づけば、風を避けられるのではないか。

翔は吹きつけてくる風にさからうようにして、美織のもとに近づこうとした。だが、風は容赦なかった。いつかハリケーンのような凄まじい勢いになり、美織になんとか近づこうとしている翔を、吹き飛ばした。くるくると葉っぱのように風に飛ばされていきながら、翔は思った。

どこまで飛ばされてしまうのか。まさか、世界の果てまで、飛ばされてしまうのではないのか。

「――あぶないっ、竜翔先生！」

摩璃子の声が聴こえた。

椅子から、ぐらっと落ちそうになった翔を、摩璃子が力強い両腕で支えた。摩璃子は、その姿に似合わず、かなりの力持ちだった。

「おっ」

翔は眼をひらいた。

「どうなさったんですか、先生」

摩璃子は翔の顔を見た。翔はしばらく言葉を失って、茫然としていた。見ると、美織は変わらずしずかに眠っているようだった。

「竜翔先生、いったい、どうなさったんですか？」

摩璃子が眼を丸くして、たずねた。

「ぼくは、眠っていたのか」

摩璃子はうなずいた。

「ええ。なんだか、『サード・アイ』をはじめられたら、すぐにすやすやと眠ってしまわれて。ああ、夢の中に入るというのは、こういうことなのかなと思って見ていたら、いきなり、竜翔先生が、ぶるぶるっと体を震わせて、椅子から転げ落ちそうになられて……」

翔は息をついた。

「それって、どのくらいの間だった？」

「ほんの二十秒くらいだったように思いますけど……」

「二十秒……。そんなに短かったのか」

「ええ、正確には二十秒と八分の一秒でした」

摩璃子は腕時計を見て、言った。

もしかしたら、あれは拒まれたのではないのか？　美織の心が、ぼくの侵入をゆるそうとしなかったのではないのか？

そう思うと、みずきのときのことがありありと蘇ってきた。

あのときの黒い雲は、みずきの心の反発だったのかもしれないぞ。十三歳の少女の心が、勝手に入ってこようとしたぼくを、拒否したのかもしれない……。

「それで、なにか視えたんですか？」

摩璃子はたずねた。

「うん。視えたことは視えたけれど……」

「視えたことは、視えたけれど？　だから、なにが視えたんですか、竜翔先生」

眠る美織に近づいていったら、凄まじい風に吹き飛ばされてしまった。そう言ったら、摩璃子はなんと言うだろう？

「一瞬、眠る彼女が視えたんだ。でも……」

「美織ちゃんの夢の中で、美織ちゃんが眠っていたんですか？」

「うん」

「それから、どうなったんですか。なぜ、椅子から落ちそうになったんですか？」

「それは、よくわからない」

「でも、視えたことは視えたんですよね」

「うん」

「よかった。じゃあ、『サード・アイ』は、先生にとって、実効性のある技なんですね」

「実効性？」

「ええ、ジュリアンみたいに、実際に使える技なんですよね？」

翔はため息をついた。

「です、よね？」

摩璃子が念を押した。

「注意深くすれば……。そうかもしれない」

そう言うと、摩璃子はうれしそうに両手を合わせて言った。

「よかった。先生はやっぱり、不思議な力をもっているんですよ。きっと、そうなんですよ。わたしの眼に、まちがいはなかったんですよ」

「……そうだろうか」

「そうなんですよ。まずは、一回めの『サード・アイ』だったんですから。じゃあ、二回め、いってみます?」

「いや」

翔は首を振った。すると、ふいにある言葉が連なり、口をついて出た。

「サンドイッチ、すし、せんべい、ソーセージ」

摩璃子は眼を丸くした。

「なんですか、それ」

「意味、わからないかな?」

「わかりません。竜翔先生、おなかが空いたんですか?」

「いや、ほら、よく聞いてごらん。サンドイッチのサ、すしのス、せんべいのセ、ソーセージのソ。なにが、これに欠けているかな?」

「サ、ス、セ、ソ……。シがありませんね」

翔はうなずいた。

「そう。シがないから、しない」

摩璃子はあきれ顔になった。

「しない？」

「うん、しない」

「まさか、竜翔先生。しないというのを、そんなにまわりくどく言ったんですか？」

翔は微笑した。

「謎々だよ。ふいに浮かんだんだよ。とにかく、今日は、これで終わりにしよう。眠りと夢について、ちゃんと調べたいことがあるから」

摩璃子は不満そうだったが、それでも、うなずいて言った。

「わかりました。竜翔先生、じゃあ、二回めは明日にしましょう」

そのとき、さよが部屋にもどって来た。眠る美織を見やったあと、なにか変なことはしていないでしょうねといった、きついまなざしで、翔を見た。

そんな、なにもしていませんよ。言いたかったが、我慢した。摩璃子が頭をさげて、ていねいな口調で言った。

「おばあさま、今日はとりあえず、ここまでにいたします。美織ちゃんの眠りをめざめさせる方法をよく考えてから、明日、また先生といっしょにうかがいます」

「そうどすか。ご苦労さまでおますな」

さよは、ていねいな言葉遣いとは裏腹の、ほんとうにこの男、信用できるのかと言わんばかりの表情を浮かべて言った。

「美織を、よろしゅうお願いしますえ」

さよはお辞儀をした。ドライフラワーの部屋を去りぎわに、翔は、眠る美織の横顔を見やった。

さようなら、みずき。でも、また、明日来るから。

三　警告

青山神社の正門で、翔は愛車觔斗雲の鍵をあけて、サドルにまたがった。摩璃子がハンドルに手をかけて、言った。

「じゃあ、竜翔先生、明日の土曜日の朝十時に、ここでお会いすることにしましょう。わたし、明日は会社がお休みですから」

朝十時に？

翔は返答につまった。それって、ぼくの執筆時間じゃないか。ただでさえ、仕事がとどこおっているぼくに、さらに、とどこおれというのか。

しかし、摩璃子はあくまでも強引だった。

「善は急げって、言うでしょう。美織ちゃんが生きるか死ぬかってときに、のんびりしている時間はないんですよ」

摩璃子は押し切るように言った。

「そうでしょう？　そんなにもう時間はないんですよ、美織ちゃんには」

翔は黙ってうなずいた。

「いいですね、朝の十時ですよ」

と、摩璃子が念押しした。

「でも、あの子をめざめさせる方法が明日までに見つかるかどうかは、確約できないよ……」

しかし、摩璃子はあくまでも強気だった。

「だいじょうぶですよ、竜翔先生なら、方法を見つけることができます。きっと、そうなりますから」

「そうなら、いいけど」

「そうなるんですよ。先生、自信をもってください」

摩璃子は確信をこめた口調で、きっぱりと言った。

「じゃあ、先生、明日の朝十時に、この門で」

そう言うと、摩璃子は赤い鞄を脇に抱え、地下鉄青山一丁目駅に向かって、ダッシュした。タッタッタッと軽快に疾走する摩璃子の姿は、いかにも小気味よかったが、翔の気持ちはすっきりとしなかった。

「自信か……」

翔はつぶやいた。

「知恵袋に相談するか」

翔は神社の正門から細い道をぬけて、青山墓地に入った。初夏の緑がまぶしい墓地を通って、国会裏図書館へ向かおうと思ったのだ。

静かだ。死者たちはよけいな口をきかないからな。

ずらりと並んでいる大小さまざまなかたちの墓石を横目に見ながら、四角の敷石の上、電動ママチャリのペダルを漕いでいると、そのとき、ペダルがふいに重くなった。

なんだ、これは。どういうわけか愛車の荷台が突然重くなったようだった。ペダルを漕ごうとしても、車体が重くて、なかなか漕げなかった。

翔はあせった。

なんだ、どうしたんだ。まさか、なにかが後ろに乗っているのか。振り返ろうとしたが、なぜか首が動かなかった。誰かが首根っこを押さえつけているようだった。どういうことだ。まさか、墓地だからって、そんなことが。

翔は背筋に冷たいものを感じた。そのとき、耳もとに、ささやく声が聴こえた。まるで後ろに乗っている誰かがささやいたようだったが、なんと言っているのかはわからなかった。同時に、なにか匂いが漂った。それは獣のような匂いで、きつい麝香《じゃこう》のようなフェロモンの匂いが混ざっているようだった。声はさらになにかささやいた。

翔は愛車を止めた。敷石に足を着き、サドルにまたがったまま、振り返ろうとした。瞬間、すっと荷台が軽くなった。同時に首筋が動くようになり、ようやく振り返ることができた。だが、荷台には誰も乗っていなかった。

「まさか、まさか……」

つぶやきながら、翔は急いで、青山墓地を通り抜けようとした。しかし、気が動転していて、ペダルの上を足が滑って、空回りさせていると、そのときだった。二十メートルほど先の、墓石の間をふらふらと歩いている、ひとりの男が眼に入った。

まさか、あの男がママチャリの荷台に乗っていたのか？　いや、そんなわけはない。荷台からあそこまでは相当な距離がある。

翔は自分に言い聞かせた。気を落ち着かせて、よくよく見ると、男は、昆虫採集に熱中している少年のように、白い絹の捕虫網を手に、さまよい歩いていた。

あの男は……。

鼻にちょび髭《ひげ》をたくわえたその男の顔には、見覚えがあった。ファーブルの『昆虫記』の訳などで知られている、フランス文学者の、菊村恭介だった。テレビの教養番組などでよく見かける顔だったのだ。

こんなところで、昆虫採集か？

網を手に、青山墓地をさまようその姿は、どこか不気味だった。そのとき菊村の眼が、翔を認めた。菊村は捕虫網を槍のようにつきだして、一直線に翔のもとに近寄って来た。その顔は、テレビでなにかを解説しているときのような自信に満ちたものではなく、焦燥感をたたえていた。

「あの……」

菊村は翔に話しかけた。

「あの、青い蝶を見ませんでしたか？」

「青い蝶？」

「そうです。青い、というよりも瑠璃色というべきか、そんな色の蝶、見かけませんでしたか？」

菊村の声はうわずって、ふるえていた。なにか重大な罪でも犯した犯人のように、充血した眼がぎらぎらと光っている。

これは、かかわりあいにならないほうがいい。

翔は首をふった。

「いいえ」

「ほんとうに見ませんでしたか」

菊村は念を押した。

「いや、見ませんでした」

「……そうですか」

菊村は落胆した表情になり、がっくりと肩を落とした。それから気を取り直したように、網を手にして、ふたたび墓地をさまよい歩きはじめた。

なんだ、あれは。瑠璃色の蝶って。こんなところにそんな綺麗な色の蝶が飛んでいるわけないじゃないか。

翔は、急いで菊村から離れるように、ママチャリを漕いで、青山墓地を通り抜けた。

四　夢魔

国会裏図書館は、その名の通り、日本一の蔵書量を誇る天下の国会図書館の裏手に、古民家のようなたたずまいで建っていた。

その存在すら普通には知られていない図書館であり、いわゆる「禁書」と呼ばれる、世間には危なくて出せない、禁じられた書物が秘匿《ひとく》されていたのだ。正式の組織ではないために、そこには、まっとうな国家公務員ではなく、はぐれ司書ともいうべき特別な係がいた。

それが翔の大学の同級生の宮本孝正だった。立身出世などにはいっこうに関心のない宮本は、もともとオカルトや心霊科学などをこよなく愛していたこともあり、ほかの司書たちがいやがるその役回りを引き受けたのだ。

斜めにゆがんでいるため、立てつけの悪い引き戸をがたがたとあけて、翔は裏図書館に入った。資料が山積みにされ、ようやくひと一人が通れるような道が細々とひらけている。黴《かび》臭い臭いがたちこめる、いまにも崩れ落ちてきそうな古びた資料の間を通り抜けると、宮本の姿が見えた。

古書の海にのみこまれてしまいそうな空間で、宮本は降霊術にでも使われそうな、古色蒼然とした紫檀《したん》の円卓にすわっていた。四季を通じて変わらない繻子《しゅす》の黒いスーツを着て、四角い黒縁の眼鏡をかけている。翔とは同じ年齢だったが、その髪は輝くような銀髪だった。眼はつりあがり、鼻は高く細い鷲鼻《わしばな》で、あごがとがっていた。

背中を丸めて、お気に入りのアラビアコーヒーを飲んでいる宮本の横には、近くの蕎麦屋、千寿庵から出前してもらったざるそばの、空になったざるが二枚重ねられていた。

「こうせい、またざるそばか。よくあきないな」

翔は、宮本を大学のころから、「こうせい」と呼んでいた。

「あきないんだよ、千寿庵のそばは」

宮本は、真っ黒なコーヒーカップを真っ黒な皿に置き、銀髪におおわれた頭をふって、翔に視線を向けた。

「コーヒー、飲むか」

「くれ」

宮本は、アラビアコーヒーを青い有田焼のコーヒーカップにそそいだ。翔のカップは、なぜかいつも、その有田焼となっていたのだ。一口飲んだが、独特の酸味と苦みのあるコーヒーだった。

「砂糖は？」

　翔はたずねた。

「ないね」

　宮本は首をふった。

「しょうがないな」

　翔は苦さを我慢して飲んだ。コーヒーには、三杯砂糖を入れるというのが、翔の習慣だったからだ。

「それで、なにしに来たんだ？」

　宮本はたずねた。

「そんな言い方はないだろう。古書に埋もれて、おまえが死んでやしないかと心配して、わざわざやって来たんだぞ」

「うそをつけ」

「うそじゃないさ」

「なにを調べてほしいんだよ？」

「眠りさ」

「眠り？」

「さめない眠り。さる神社の娘が、もう七日間も眠りつづけているのさ。病気でもないのに、飲まず、食わずで、ただ、こんこんと眠りつづけて、めざめない」

「何歳なんだ？」

「十三歳」

「綺麗な子かい？」

翔はうなずいた。

「とても、綺麗な子かい？」

翔は黙って、ふたたびうなずいた。

「なんだか、おまえの顔がふだんとちがうけど、知り合いなのか、その美少女と」

翔は言葉につまった。

知り合いではない。でも、ぼくの初恋の相手に、とても似ているんだよ。しかし、それは言葉にならなかった。

「いや、初対面さ」

「初対面だけど、その子をめざめさせたいわけか」

宮本はアラビアコーヒーを飲みほしてから、自然な口調で言った。

「夢魔《むま》が憑《つ》いているな、その子」

「そうかな……」

翔は思った。たしかに、『不思議探偵ジュリアン』なら、そう考えるかもしれないけど……。

「だって、病気でもないのに、七日間も眠りつづけるなんて、尋常じゃないぜ。その間飲まず、食わず、出さず、なんだろう？」

「うん」

「栄養剤なんかの点滴はしているのか？」

「いや、してないみたいだ」

「それは変だ。ふつうなら、七日も水分を補給しなければ、死んでもおかしくないぞ。でも、その子は点滴もしないのに、綺麗なままの姿なんだろう？」

「みたいだな」

「まあ、そういう特殊なケースなら、夢魔がとり憑いているとしか思えないな」

そう言いながら、宮本は立ち上がり、まわりの書棚から、ずっしりと重そうな黒い革表紙の古書を数冊抜き取った。それを卓にひろげながら言った。

「まず、もっとも代表的な夢魔は、これだな」

不気味な絵だった。

しどけなく眠る若い女性のベッドに、カーテンから、ぬっと顔を出した白い眼玉の馬が浮かび、女性のふっくらした腹の上には、横着な面つきの、耳のとがった猿が乗っている。あたりは深い闇におおわれている。

「一七八一年に、イギリスのジョン・ヘンリー・フュスリの描いた『悪夢』だ」

「フュスリの、夢魔か……」

その絵は翔の好きな絵のひとつだった。馬や猿の、なんともしれない不気味な姿や、ねっとりとした闇の怪しさは、翔の好みだった。しかし、翔には、そうした怪異なものたちが美織の夢のなかにいるとは、なぜか思えなかった。

宮本は猿を指さして言った。

「こいつ、ほんとに憎い面相だな」

翔はうなずいた。

たしかに、憎さげだ。

「フュスリは、知り合いの若い女性が見た悪夢を聴いて描いたと言っているけどな。この絵は、当時、世間に強烈な反響を呼んだ。しかし、この夢を見た女性は、どんな女性だったんだろうな。この馬だって、この猿だって、いかにも不気味だ。ぞっとする。これに影響を受けた絵は、たくさんある」

そう言いながら、宮本は別の古書をめくった。そこには、ほとんど裸の姿の若い女性の腹に、眼だけ光らせた真黒な猿のようなものが乗っている、淫靡《いんび》な絵もあった。

「若い女性の夢にはいって、けしからぬことをする男性夢魔を、インキュバスといい、男性の夢に侵入して、淫猥《いんわい》な夢をみさせる女性夢魔を、サキュバスというけど、いずれにせよ、フュスリの夢魔が横綱格だな」

宮本はさらに別の絵を見せた。

「もうひとつの横綱は、これだ」

それは不気味な人面の鳥だった。くしゃっとつぶれたような顔で、大きく羽をひろげて、眠る女の上に浮かんでいる。

「エジプトのバール鳥だ。これは夢魔というより、霊魂というべきかな。ひとが眠るときと死んだときに、その体から離れるんだ」

宮本は解説をしながら、つぎつぎと夢魔や謎の眠りについて描かれた古書をひらいて見せた。


イスラムの半人半馬エルボラク。

ナバホ族の夢薬。

ホーマーの描いた象牙の門と角の門。

クリシュナの臍《へそ》。

夢見る宝石ジザー……。

宮本がつぎつぎに見せるものに、翔はため息をついた。

「このうちのどれが、美少女に眠りをもたらしているか。それをみつけることから、はじめるんだな」

美織には、なにか不気味なものがとり憑いている。それは確実だと言わんばかりの口調で、宮本は言った。

「まずはオーソドックスに、フュスリの夢魔からはじめたら、どうだ」

「うん、でも……」

翔は、話がちがう方向にそれているのを感じて、言った。

「そんなのがとり憑いているか、どうか……」

「とり憑いているさ、きっと」

宮本の口調には、夢魔を興がっているふしが感じられた。夢魔がいなければ、面白くない。そう言いたげだった。

翔は、美織の夢の中に入っていったときのことをどう打ち明けようかと考えながらも、宮本の気持ちにさからわないように訊《き》いてみた。

「もしも、そのあたりの夢魔がとり憑いているとしたら、どうやって追い祓えばいいんだよ……」

「夢魔を追い祓う方法は、基本的には、悪魔祓いといっしょさ」

「悪魔祓い？」

「そうさ。『エクソシスト』って映画で、少女にとり憑いた『バズス』とかいう古代オリエントの邪悪な悪魔を祓うシーンがあったろう。でも、あれをした神父は、心臓が止まって死んだな、たしか」

　翔は苦笑した。

「ぼくが、死ななくちゃいけないってのか。いやだよ、冗談じゃない」

「おいおい、初対面の美少女を勇敢にすくおうとしてるわりには、臆病だな。悪魔祓いの本質は、認識だぞ」

「なんだよ、認識って」

「夢魔に、おまえは夢魔であると、まず認識させる。そこからはじめるんだ。そして、おまえがとり憑いているものから、ただちに離れよと、告げるのさ。それが悪魔祓いの原理原則だな」

　翔は長髪の頭を振った。

「そんなこと、できないよ。悪魔祓いの呪文だって、知らないし」

「呪文なんか、知らなくてもいい」

　宮本はあくまでも軽い口調で言った。

「そもそも、悪魔祓いの呪文なんてのは、古代コプト語やイエスが使っていたアラム語なんかの意味をちゃんと理解し、それを正確に悪魔に告げることができなくちゃ、効果がない。ろくに正しい発音もできないで、うろ覚えの呪文を口走ったって、なんてことはない。悪魔にとっては、まさしく馬耳東風《ばじとうふう》、ききめはないさ」

「馬耳東風？」

「うん」

「それって、しゃれか？」

「しゃれ？　おれがそんなこと言ったか？」

「フュスリの描いた馬にひっかけたんだろ？」

宮本は、いま気づいたように、笑った。

「いや、たまたま、そうなっただけだ」

「どっちにしろ、呪文がきかないんなら、なおさら、ぼくには無理だ」

「無理じゃないさ」

宮本はにやにやしながら言った。

「だいじょうぶだって。おまえには、昔から妙な力があったじゃないか」

翔は首をかしげた。

「妙な力？」

「そう言われて、おまえ、ぴんと来ないか？」

翔はふうむと考えてから、唐突に言った。

「カレー、きしめん、栗、ケバブ」

「なんだ、それ」

「わからないか？」

「わからん」

「カレーのカ、きしめんのキ、栗のク、ケバブのケ。つまり、カキクケときて、なにがそこに欠けている？」

「コ、か」

「あったりー、大正解。つまり、コがないから、来ない。ぴんと来ないいんだよ」

宮本はきょとんとしたあと、げらげら笑いだした。なんだよ、おまえ、いつもながらバッカだなあと言って、けっけっと笑いつづけた。翔もいっしょになって噴き出した。ふたりはしばらく笑ったあと、ふうっと、いっしょに息を吐いた。

それから真顔になって、宮本は言った。

「いいか。おれはひそかに注目していたんだぜ、おまえの妙な力に」

「ぼくに、妙な力があるって？」

「覚えてないのか、あの鴉《からす》事件。ほら、おれもおまえも大学一年のときの、初めての大学祭のときだよ。おまえは念の力で鴉を追い払ったろ」

遠い記憶がよみがえった。

あれか。

十四年前の、十一月の学園祭のときだった。

翔と宮本は、オープンキャンパスで、『不思議同好会』主催のソース焼きそばの屋台をやっていた。料理がとくいな翔は、両手で器用にヘラを使って、焼きそばをつくっていた。

うん。麺の焦げぐあいといい、ソースのからみぐあいといい、われながら、じつにうまそうだ。天下一品の焼きそばだ。

翔がそう思ったときだった。どこからともなく真っ黒な鴉が数匹飛来してきて、ケヤキの枝に止まった。しかも、鴉は次から次へとやって来て、列をつくるようにして、枝にびっしりと止まったのだ。さらに鴉たちは、樹の下にいる人間を威嚇するように、するどいくちばしをあけて啼《な》いた。

――あれ、なに。

――やだ、怖いわ。

なにか気味の悪い脅威を感じてか、前の屋台でサンドイッチをつくっている女子学生たちがさわぎはじめると、鴉たちは嘲笑するようにしわがれ声で啼いた。

――まずいぜ、あいつら。

宮本が鴉を指さして、翔に言った。

――あいつら、ふつうじゃない。

翔は鴉を見やった。たしかに、それらはふつうの鴉のようではなかった。

――あいつがボスだ。

宮本が言うように、ほかの鴉よりも、ひとまわり大きな鴉が列の真ん中に陣取っていて、仲間をそそのかしているようだった。

――そうだな。

翔はうなずいた。

――あいつだな、元凶は。

そのボス鴉は、くちばしが異様に長く、艶々と黒光りする全身から、おそろしく邪悪な、まがまがしい気配をたたえていた。たんにサンドイッチを奪うだけでなく、女子学生を襲いかねない様子だった。

翔がヘラを止めて、みまもっていると、ボス鴉が枝から身を乗り出すように、ぐうっと体をかがめ、くちばしを突き出した。

あぶない。

翔はヘラを鉄板に置いて、思わず右手を上げていた。

『能力者は、手のひらから、強い念を出して、敵を制することができる』

心霊術の書物に書かれていたことを、とっさに思いだしたのだ。

――動くな。

翔は手のひらに熱をこめて念じた。すると、いまにも飛びかかってきそうな様子だったボス鴉が、ふいに凍結したように動かなくなった。

――去れ。

翔は心の中で念じた。強い念が、つぶやきになった。

――去れ、ボス鴉。

瞬間、翔の念が通じたかのように、ボス鴉がぶるっと体を震わせて、空に飛び立った。同時に、子分の鴉たちもいっせいに飛び去った。

もしや、ほんとうにぼくの念が通じたのか?

翔が放心したように、ぼんやりしていると、宮本がさも感じ入ったように、横でつぶやいた。

――驚いた、おまえは邪を祓う気功法ができるのか……。

そのときのことを思いだしていると、宮本が言った。

「いいか、おまえには、ギフトがあるんだ」

「ギフト、か」

それは、天から授かった贈り物、超能力という意味だった。

「ふつうの者にはない力が、おまえにはそなわっているんだ。おれはな、あの鴉事件で、ばしっと見抜いたんだぞ。こいつには、ギフトがあるって」

「そう、かな」

「そうさ、くやしいけどな。いいか。肝心なのは、呪文じゃないぜ。能力をもつ者による、念の力だ。夢魔を祓うには、まずは、夢魔にまっすぐ向かいあい、夢魔の眼を直視して、断固として、命じることさ。去れ、と。呪文よりもなによりも、それこそが、一番ききめがある」

あくまでも夢魔にこだわっている宮本に、翔は、ついに打ち明けることにした。

「あのな」

「なんだよ」

「じつは、さきほど、ぼくはその子の夢の中に入っていったんだよ」

「ほんとに?」

「うん」

「どうやって?」

「……その、第三の眼に、触れたのさ」

「第三の眼？」

「うん、サード・アイさ」

翔はひとさし指で、自分の眉間の上を指して言った。

「なんだよ、いつのまにか、おまえはそんなことまで、できるようになったのか」

宮本はうらやましそうに言った。

「いや、昔、ちょっとだけ経験があって……」

翔は、十三歳のみずきの面影を思い浮かべながら、言った。

「それを今回、ためしてみたんだ」

「そんなことができるなんて、いいなあ。おれなんか、本の知識は山のようにあるけど、実地の力はからきしだからな。それで、どうだったんだ、美少女の夢の中は？入っていったんだろ？」

「うん。入ったような気はするけど……」

翔はなかば首をかしげながら、

「でも、拒まれたんだ」

「拒まれた？」

翔は美織の夢の光景を思った。

「まばゆい光の中で、眠っていたんだよ、その子は。まるで、空中浮揚しているみたいにして」

「うん、それで？」

「ぼくは、これが彼女の夢の中なんだろうかって思いながら、そろそろと近づいていった」

「うん、うん。いいね、それで」

「どうすれば、この子をめざめさせられるんだろうって、思いながら近づいていくと、風が吹いた」

「風が？」

「同時に、大地が鳴動するような、不気味な音がして、いつのまにか風が凄まじい勢いになって、あっという間もなく、ぼくを吹き飛ばした」

「なるほどなあ……」

宮本は腕を組んで、深くうなずいた。

「そいつは、少女の守りだな」

「少女の守り？」

「そうさ。きっとその子は、まだ異性を知らない、身も心も、純潔な少女なんだ。けれど、心の奥深くには、さまざまなものがひそやかにうごめいている。それが激しい風となって、心の中に侵入しようとしたおまえを拒んだのさ」

宮本の言葉に、翔はうなずいた。

たしかに、そうかもしれない。みずきのときは、真っ黒な雲で、美織のそれは、凄まじい風だったのかもしれない。

「それで、眠る少女を相手に、おまえはどうしたいんだよ？」

「どうしたいかって？」

「おっそろしい夢魔がいるかもしれないんだぞ。それに、強風に吹き飛ばされたんだろう。それでもこりず、おまえは、その子の心に入っていきたいのか？」

「あの子の不可解な眠りの秘密をときあかすには、心の中に入らなくてはいけないと思うから……」

「わかった」

宮本は立ち上がった。

「ちょっと待っていろ」

そう言うと、宮本はびっしりと並んでいる書棚の奥に入っていった。しばらくしてから出てきた。手に一冊の黒い革表紙の本を持っている。

「十九世紀末に書かれた、フランスの書物だよ。おまえ、フランス語わかるよな」

宮本は黴の生えているような古びた表紙をいとおしそうに撫でながら、言った。

フランス語？

翔はとまどった。たしかに大学では仏文を専攻していたが、勉強嫌いの翔は、あまりフランス語が堪能ではなかったのだ。

「まあ、すこしくらいなら、わかるよ。でも、いちいち辞書ひくのもなんだしなあ。翻訳したのはないのか？」

「ないね」

宮本はあっさりと言った。

「ないか、やっぱり」

「この本のタイトルは、『薔薇の心をひらかせるには』。書いたのは、白魔術師を自称していた心霊術師のキリヤ・クレール。まさに、少女の心は薔薇の棘《とげ》だらけだからな。それをいかにひらかせるか、極意が書かれているから、参考にしろよ」

「ちょっと、訳してくれよ」

「しょうがないやつだな」

宮本は古書のページを一枚、一枚、ていねいにめくった。そして、とあるページで手を止めた。

フランス語の文章をざっと黙読したあと、それを翻訳しはじめた。

「ええっと、さわりの文章は、こうだ」

――少女の心には、いろんなものがひそんでいる。その心をひらかせるのに、もっともたいせつなのは、けっしてさからわないことだ。たとえば、嵐や稲妻のようなものが襲ってきても、あわてず、動じないこと。たとえ獰猛《どうもう》な獣が吠えたてても、逃げたりしないこと。たとえ噛みつかれたとしても、じっとしていること。そうすれば、薔薇の心は、その扉をひらいてくれることだろう……。

翻訳し終えると、宮本はそのページに薄い栞《しおり》をはさんだ。

「と、いうことだよ。わかったかい」

翔はため息をついた。

「嵐が来ても、稲妻が来ても、動じないのはわかるが、風に吹き飛ばされてしまったら、どうしろと書いてあるんだ」

「そんなことは書いてない。でも、同じだろ。あわてず、冷静にやりすごせばよかったんじゃないのか」

そうか。みずきのときも、ぼくはあわてていたのかもしれない。だから、弾《はじ》かれてしまったんだ。美織のときは、完全にあわててしまった。冷静にやりすごすことなんか、できないほど、あわててしまっていた。

「……たしかに、そうするべきだったんだろうな」

　翔がつぶやくと、宮本はしみじみと言った。

「少女の心の扉は、なかなかひらかないぞ。でも、それをひらかせるには、あわてず、さわがず、動じるな、それが極意なんだ。そこのところ、忘れるな」

　あわてず、さわがず、動じるな、か。

　翔は黙って、うなずいた。

「この本、貸すから、持っていけ。フランス語の辞書があれば、先が読めるだろ」

　それから宮本は、ひとさし指を口に立てて言った。

「でも、内緒だぞ。ばれたら、おれはクビだからな」


　持ち出し厳禁の古書をバッグにしまい、翔は裏図書館を出た。

　バッグをママチャリのカゴに入れて、愛車觔斗雲を漕ぎ、新宿御苑前の自宅マンションへもどった。

「夕飯をつくるか」

　翔はつぶやいて、シャツの腕をまくった。

　鍋に湯をわかし、お気に入りのフィレンツェ・スパゲティを茹ではじめた。レタスにトマト、カリフラワー、キュウリをサラダボウルに入れて、岩塩をふった。玉ねぎとにんにくをきざみ、オリーブオイルで軽くいためてから、宮崎産の粗びき牛肉を入れ、トマトベースに、赤ワイン、白ワインで味をつけた。隠し味として、ごく少量の蜂蜜をたらした。

ソースができあがるころに、スパゲティが茹で上がった。ミートソースとサラダの夕食ができあがったとき、チャイムを鳴らす音がした。

「はい？」

翔はチャイムにたずねた。

「うまそうな匂いがするけれど、美味ワインはいらないかね」

潮嗄《しおが》れた声が外から聞こえた。

「船長か」

同じマンションの向かいの部屋に住んでいる大河原大三だった。翔が料理していると、それをかぎつけて、大河原はやって来るのだった。

「どうぞ」

翔は大河原を入れた。荒れる七つの海をわたってきたと自称する大河原は、なにもかも四角い印象だった。

年齢は五十過ぎで、日焼けした顔は四角く、逞しい体も四角だった。肩幅がひろく、顎が張っていて、鼻柱が太かった。げじげじ眉の下で光っている眼は、いわゆるどんぐりまなことというやつだった。

「いやあ、今日は『エーゲ海の真珠』という珍しいギリシア・ワインを手に入れたのだよ。こいつはうまいよ。七つの海を航海したぼくだから、はっきり言える、真に美味なるワインなんだ。ぜひ、君にも飲んでもらおうと思ってね」

大河原は、テーブルに一リットル入りの白ワインの瓶を置くと、どっかりとすわった。どうあっても、ミートソースのお相伴にあずかるつもりのようだった。

しかたない。エーゲ海の真珠を飲むか。

翔はミートソースとサラダを半分ずつに分け、ワイングラスをふたつ置いた。大河原はふたつのグラスにワインをそそいだ。

「まずは乾杯」

大声で言って、大河原は一気に飲み干した。

「うむ。うまい」

たしかに、このワインは美味だ。翔は一口飲んで、思った。エーゲ海の真珠という名は、伊達ではない。

大河原は、フォークにくるくるとスパゲティを巻きつけ、大口をあけて、それをほうりこんだ。

「うまい。君はほんとうに料理がじょうずだね。イケメンで、料理名人なんて、天は二物をあたえるんだなあ」

それから探るように言った。

「奥さんなんか、いらないんじゃないのかい？　まあ、ガールフレンドはいっぱいいるんだろうけど」

翔が相手にしないでいると、大河原はさらに言った。

「ガールフレンドがいるんだろ、いっぱい」

翔はワインを飲みほして、言った。

「アボカド、うどん、エリンギ、オクラ」

「ん？」

大河原は眼をむいた。

「なんだい、スパゲティ以外に、まだまだ、これから新たな料理が出てくるのかい？」

翔は首をふった。

「アボカドのア、うどんのウ、エリンギのエ、オクラのオ。つまり、アウエオ。ここには、なにが欠けているかな」

「欠けている？　アウエオ？」

大河原の顔が、ぼんやりとなった。首をふって、つぶやいた。

「わからん」

どうやら思考停止してしまったようだった。

「アウエオ、つまり、イがない」

翔は言った。

「イがない？」

「そう。だから、いない。ガールフレンドは、いないんだよ」

大河原はどんぐり眼をかっとみひらいて、いきなり爆笑した。金歯だらけの大口をあけ、床を踏み鳴らし、テーブルをどしどし叩いて、がははは、がははと笑った。

「なあんだ、君は。そんな冗談を言うひとだったのか。いないと言うのを、そんなあほらしい言い方をするなんて。いや、ぼくは、世界中をまわったけれど、そんな馬鹿げた冗談を聞いたのは、初めてだよ。小説家というのは、ほんとに変なこと言うんだな……」

大河原は、がはは、がははと、笑いつづけた。

なんか、わざとらしいんだよ、その笑い。

翔は鼻白んだ。

「いやあ、愉快、愉快」

がははが終わると、大河原は、サラダとミートソースをあっという間に食べてしまった。それから、ワインをぐびりぐびりと飲んで言った。

「しかし、この七〇一号室は、たしか三年前に、妙齢の女性が自殺した部屋だよな。

なんであんなにきれいなひとが飛び降りたんだろうと、巷で評判になったけれど、幽霊は出ないかい？」

　興味しんしんといった顔で、大河原は言った。

　たしかに、翔の住む七〇一号室は、ほかの部屋にくらべて、格段に家賃が安かった。それというのも、新宿御苑を望む北向きの窓から、白石すずという名の若い女優が飛び降り自殺したからだった。自殺の理由はわからなかったが、劇団『怪奇座』の女優として演技に悩んでいたらしいと、知り合いの写真雑誌の編集者である黒田保は、翔に話してくれた。

――とにかく、あそこの座長は変わっているからね。

――津嘉山弾吉かい。

――そうさ。あの座長は演技指導が半端じゃないんだ。できない女優たちには、平気で、死ねと言うらしいんだよ。

――それで、その女優は死んだというわけかい。

――さあてね。それだけじゃないんだろうけれど。

　借り手がいないその部屋を、家賃の安さからではなく、興味に駆られて借りたのだったが、翔は、黒田との話を思い出しながら、大河原に言った。

「ときどき出るよ」

それは口からでまかせの、大河原をからかうための言葉だった。しかし、大河原は本気にしたらしく、眼を丸くした。

「ほんとうかい？」

ほんとうなわけないじゃないか。まあ、出てほしいけれど。そう思いながら、大河原が真剣に聞いているのがおかしくて、翔はうなずいた。

「うん」

「そいつは、いいね。ぼくは世界中を船で旅したけれど、まだ幽霊には、お目にかかったことがない。一度、見たいものだと思っているんだよ」

大河原は眼を輝かせて、言った。

「ね、君。今度出たら、ぼくを呼んでくれよ。すこぶる美人の女優さんだったから、幽霊とはいえ、さぞ色っぽいんじゃないのかい。あの四谷怪談の、まだ顔が崩れない前のお岩さんみたいに」

翔は笑い出したくなるのをこらえて言った。

「ちょっとばかり、恨みがましい顔だけどね」

「いい、いい。恨みがましいのがいいんだよ。女というのは、すこしばかり恨みがましい顔のほうが、色気と風情があって、いいんだよ。ぼくが若いころ、ギリシアで会った女の子なんか……」

ほうっておくと、大河原の勇ましい女性談義がはじまりそうだったので、翔は言った。

「すまないけれど、これから仕事をするんだよ」

「おお、そうかい」

大河原はさっと立ち上がった。

「小説家というのは、休みはないにひとしいだろうからね。いや、おいしい夕食をありがとう。このワイン、置いていくからね。全部飲んでくれたまえ」

そう言うと、大河原は出て行った。

ひとりになると、翔はバッグから『薔薇の心をひらかせるには』を取り出した。ワインを飲みながら、宮本が栞をはさんでくれた個所を、つっかえ、つっかえ、読み始めた。

ええっと、なになに。

――少女の心には……いろんなものがひそんでいる。その心をひらかせるのに……もっともたいせつなのは……けっしてさからわないこと……。

さからうなというのか。しかし、みずきの黒い雲にはなにか怖いものが感じられたし、美織の夢のなかの風は恐ろしく凄まじかった……。

翔は黒い革表紙の本を閉じて、考えた。

それにしても、いったいなにが美織を眠らせているのか。あの眠りからめざめさせるには、どうすればいいのだろう……。

そのとき、ビートルズの『ザ・ロング・アンド・ワインディング・ロード』が鳴った。携帯を耳に当てた。

「竜翔先生、いまどこですか」

摩璃子だった。

「うちにいるけど」

「よかった。じゃあ、すぐ、テレビをつけてみてください」

「テレビ？」

「そうです。教養番組で、『夢にまつわる話』というのをいま再放送しているんですよ。竜翔先生、ごらんになったら、なにか参考になるかもしれませんよ」

「わかった」

翔は携帯を切って、テレビをつけた。教育テレビの教養番組で、あの菊村恭介が出ていた。

「……このあいだ、アンコール・ワットに行ってきましてね」

菊村はうれしそうに話していた。

「アンコール・ワットですか」

司会者が大仰な口調で言った。

「あの遺跡のまわりには、青い湖がありましてね。それがとても神秘的なたたずまいなんですよ。おもしろいことに、あの湖には、ギリシア神話のオルフェウスの生首が流れついたという、そんな説を述べている神秘家もいましてね」

自信たっぷりに話す菊村の顔は、今日、青山墓地で見た顔とは、まるでちがっていた。

「それに、あそこには、ふしぎな夢をつかさどる、エンジェル・モルフォと呼ばれる蝶が棲んでいると、伝えられていましてね」

すると、司会者が言った。

「すてきな響きですね。エンジェル・モルフォ蝶ですか」

菊村はうなずいた。

「ギリシア神話のモルフェウスから生まれたとされる、まさに幻の蝶なんですが、これがたとえようもなく、美しい瑠璃色の羽をもっているらしいんですよ」

「美しい瑠璃色の羽、ですか。いいなあ」

「その瑠璃色の羽の鱗粉をふりかければ、この世のいかなるものも、すうっと、眠りに落ちるという伝説もありましてね……」

翔は、はっとした。

もしかしたら、青山墓地で菊村が捜していたのは、その蝶だったのではないのか？——あの、青い蝶を見ませんでしたか？　青い、というよりも瑠璃色というべきか、そんな色の蝶、見かけませんでしたか？

あのときの菊村の声はうわずって、ふるえていたぞ。まさか、そのエンジェル・モルフォ蝶という幻の蝶を、菊村は必死で捜していたのではないのか？　しかし、そんな幻の蝶が青山墓地なんかにいるものだろうか？

翔の脳裡に、眠る美織の姿が浮かんだ。

もしかしたら、菊村が探していたその蝶が、美織にとり憑いているのではないのか？　青山墓地から青山神社までは、ほんのひとっ飛びの距離だ。その蝶が美織のところへ飛んでいったということは、じゅうぶんありうる。そうだ、美織は、その蝶に出合って、この世のいかなるものも、すうっと眠りに落ちるという、鱗粉をふりかけられたのではないのか？

テレビの司会者が菊村に言った。

「じゃあ、不眠症で悩んでいるひとは、その幻の蝶にお願いすれば、いいんですね。どうか、鱗粉をふりかけてくださいって」

菊村がうなずいた。

「そうですね。鱗粉くらいなら、すうっと、ここちよい眠りにさそわれるから、いいでしょうね。でも、その羽に触れられたりしたら……」

司会者が眼を丸くして言った。

「そうしたら、大変なんですか？　もしかして、一生さめないほど、ずうっと眠ってしまうとか」

菊村は首をふり、にこやかに応えた。

「いや、これは伝説ですけれどね。エンジェル・モルフォ蝶は、やすらぎだけでなくて、災いをもたらすこともあるらしいんですよ。なんでも、太古に、ひとつの村がほろびたとか、異常昏睡や不治の病をもたらしたとか、こわい伝説もあるんですよ」

「それは、それは。綺麗な蝶なのに、こわいんですね」

「まあ、なんといっても、エンジェル・モルフォ蝶は、幻の蝶ですからね。そんな蝶はこの世に存在しないんですよ。あくまでも、伝説の蝶ですから」

菊村はさらに強調するように言った。

「なにしろ、夢の蝶ですから」

「夢の蝶ですね、ほんとに」

　司会者がしめくくった。

「今夜は、『夢にまつわる話』を、フランス文学者で昆虫学者でもある菊村恭介さんにお伺いいたしました。来週は、『円滑なコミュニケーション』というテーマで、国文学者の佐藤義之さんをお招きしております。では、来週の『知識百科あれこれ』の時間まで、さようなら」


　翔はテレビを消すと、椅子から立ち上がった。本棚から、「ギリシア・ローマ神話大辞典」をとりだした。エンジェル・モルフォ蝶の項目はなかった。ないか、やはり。

　そこで、モルフェウスの項目をひいてみた。

　　モルフェウス
　夢の神。造形者の意味で、眠りの神ヒュプノスの子。
　夢の中で、大きな翼をひろげ、音もなく飛翔する……。

翔は腕組みした。

夢の中で、音もなく飛翔する神か。菊村に言わせれば、エンジェル・モルフォ蝶は、この眠りの神ヒュプノスの子、モルフェウスから生まれたというのか。しかし、もしも美織が、エンジェル・モルフォ蝶のせいで眠りつづけているとしたら、どうすればいいのだろう。

翔は左手の中指で、つっ、つっと、左眉をなでた。

鱗粉をふりかけられただけではなくて、もしかすると、蝶の羽に触れられたのかもしれないぞ。あるいは蝶そのものが、美織のなかに入ってしまったのかもしれない。だから、いつまでも眠りつづけているのではないのか？　けれど、もしそうだとしたら、どうやってその蝶を、美織から離れさせればいいのだろう？

翔はベッドに横たわって、ワインを飲んだ。すこし酔いがまわってきたようだった。

しかし、今日一日はなんという日だったろう……。

つぶやくうちに、翔はいつかしら眠りに落ちていた。

五　眠りの謎

あくる朝、翔はいつもの七時にめざめた。

昨夜、飲んだワインがまだ残っているようだったが、気分は悪くなかった。パジャマ姿でベッドから起きて、北向きの窓に向かった。

窓をいっぱいに開けた。すぐ近くにひろがっている新宿御苑を見やった。新緑がみずみずしく、朝の光を浴びて、きらきらと輝いている。それを見ているだけで、翔は幸福な気持ちになった。

自分で考案した朝のストレッチを三十分ほど行ってから、パジャマを脱いで、バスルームに入って、四十度のシャワーをたっぷりと浴びた。朝、好きな香りのアロマ・シャンプーで髪を洗い、同じアロマ・トリートメントで髪にたっぷりと栄養をあたえるのが、翔の習慣だった。それをしないと、寝起きの髪がぐしゃぐしゃだったからだ。

シャワーのあと、髪をドライヤーで乾かした。チーズとバナナ、コーヒーという朝食を終えた。いつもなら、このあとは執筆の時間だった。九時から十二時ごろまで、三時間ほど、パソコンに向かって書きかけの小説の続きを書くのである。

しかし、十時に摩璃子との約束があったために、パソコンをひらく気になれなかった。翔は、毎朝決まった時間に起きて執筆するという几帳面な性格とは別に、午前中ではなく、午後にでも、なにか約束があると、その日はなかなか執筆する気になれないという、めんどうくさい、怠け者の性格をもっていた。

パソコンをひらくかわりに、翔は、昨日、宮本から借りてきた黒い革表紙の古書をひらいた。

キリヤ・クレール著、『薔薇の心をひらかせるには』か……。

翔は、宮本が栞をはさんでくれたページを見つめながら、考えた。

もしも、美織に不可解な眠りをもたらしているのが、菊村が捜していたエンジェル・モルフォ蝶という、幻の蝶だとしたら、どうしたらいいのだろう？　しかし、そんな伝説や神話で語られているような蝶が、こんな東京の、ど真ん中の青山あたりに、ほんとうに存在しているのか？

翔はため息をついて、古書を閉じた。

いずれにせよ、謎を解く鍵は、美織の夢の中にある。だから、どうしてもあの中に入っていかなくてはならない。けれど、あの凄まじい風に吹き飛ばされないためには、どうすればいいのか……。

マンションを出たとき、腕時計を見ると、午前九時三十分だった。

摩璃子との待ち合わせにはまだ少し時間があった。翔は愛車の觔斗雲に乗り、御苑の横を通りぬけた。千駄ケ谷駅前のイチョウ並木に出た。

朝の光がきもちよかった。空を見上げると、青く晴れわたっている。イチョウ並木でしばらく時間をつぶしてから、愛車を漕いでいくと、青山神社が見えてきた。門前で、摩璃子は赤い鞄を胸に抱いて待っていた。

「竜翔先生、おはようございます」

はつらつとした、元気な声だった。翔は、門前に愛車を止めて、鍵をかけた。

「竜翔先生、昨日のテレビ、どうでした？」

摩璃子が言った。

「あれは、もしかしたら、今度のことに関係あるんじゃないのかな」

「で、しょう」

摩璃子も早口で言った。

「わたしも、ぴんと来ました。なんか関係あるんじゃないかなって」

「君もそう感じたのかい」

「ええ。でも、夢をつかさどる幻の蝶なんて、とても素敵だけど、もしも、そのエンジェル・モルフォ蝶が、美織ちゃんの眠りに関係していたらと思うと……」

翔は歩きながら言った。

「あのね、君に言わなかったけど、昨日、ぼくはあの菊村氏に会ったんだよ」

「えっ？」

「それが、場所が場所だったんだよ」

「どこなんですか？」

「青山墓地さ」

「青山墓地？」

「そう。あそこになぜか菊村氏がいて、妙なことに捕虫網をもって、蝶を必死で捜していたんだよ」

摩璃子が大きな声をあげた。

「ほんとですか、それ」

「うん。顔がすごくあせっていてね、なんか変な感じだったんだよ。うろたえた声で、ぼくに聞くのさ。青い、いや瑠璃色の蝶を見かけなかったかって」

摩璃子が顔色を変えた。

「それって、もしかして……」

「そうだろ。テレビでは、伝説とか、幻とか言っていたけれど、もしかすると、その蝶は現実に存在しているかもしれないんだよ」

「じゃあ、美織ちゃんの眠りは、ほんとうに、そのエンジェル・モルフォ蝶が原因かもしれないんですね」

翔はうなずいた。

「おそらく、ね」

「でも、もしそうなら、その幻の蝶は、なぜ、美織ちゃんを眠らせてしまったんでしょう？　なぜ、そんなことをしたんでしょう？」

翔は左眉を左手の中指で撫でた。

「そこだよ。どうやって、眠らせたか？　なぜ、眠らせたか？　そこがよくわからない。それを解き明かさないと」

「でも、よかった。美織ちゃんの眠りの謎が、すこし解けてきたみたいで。ねえ、竜翔先生、そうですよね」

「まだまだ、わからないことが多いけれどね」

「竜翔先生、なんだか、ナーバスになっていませんか？　顔がとても緊張しているみたいですよ。だめですよ、幻の蝶なんかに、びびっちゃあ」

「びびってはいないさ」

「竜翔先生。自分の力を信じてくださいよ。先生には、ジュリアンの得意技十八番があるんですからね。なんだったら、わたしが援護射撃しますから」

摩璃子はあくまでも強気だった。

「どんなときに、ジュリアンがどうしたかって、わたし、一字一句丸暗記していますから。先生がど忘れされたときは、わたしが教えてさしあげます。さ、行きましょう。美織ちゃんが待っています。美少女の美織ちゃんが竜翔先生にうったえているんですよ、早く、わたしをめざめさせてって」

まるで少女の声色を真似るようにして言うと、摩璃子は翔の手をつかみ、ぐいぐいと引っ張りはじめた。

「そんな引っ張らなくても、ちゃんと行くから……」

翔は、若い女性にしてはかなり力のある摩璃子に、ぐいぐいと社務所まで引きずられていった。

摩璃子は玄関で、呼び鈴を鳴らした。すぐに祖母の花輪さよがあらわれた。

「こんにちは、おばあさま」

摩璃子があいさつした。白い眉をひそめて、さよは言った。

「先生に、摩璃子はん。よう、来てくれはりましたな。美織は今日も眠ったまま、起きはらしまへん」

「だいじょうぶですよ、今日こそ、竜翔先生がなんとかしてくれますから」

摩璃子はあくまでも翔の力を信じているようだった。さよは、翔を細い眼で見やって、疑いの念が捨てきれない顔で、言った。

「そんなら、あんじょうお願いしますえ」

翔と摩璃子は美織の部屋に案内されていった。

「おばあさま」

部屋の前で、摩璃子がさよに言った。

「わたしと竜翔先生の、ふたりにさせていただけますか」

さよは眉をひそめた。そして、翔を見やった。

翔は眼をそらせた。どうも、この祖母は苦手だ。ぼくを信用していないことを、露骨に顔に出すからな。

「お願いします」

摩璃子の言葉に、さよは、不承不承の顔で、うなずいた。

「そんなら、美織を、よろしゅうおたのみもうします」

六　薔薇の心をひらかせるには

美織は、ドライフラワーが壁中に吊るされた部屋にいた。白いヴェールにおおわれたベッドの上で、長い睫毛を閉じて眠っている。

翔は美織に近づいた。

やはり夢をみているのか、まぶたの奥の眼球がＲＥＭ運動をしめすように、かすかに左右に動いている。翔はベッドの脇に置かれた椅子にすわった。そして、あらためて美織を見つめた。美織の白い顔は、昨日よりもさらに美しく感じられた。まるで一日一日、少女は眠りながら、より美しさを増していくようだった。

しかし、このきゃしゃな体のなかにひそんでいる眠りの精は、なんなのだろう。ほんとうに、菊村の言う幻の蝶なのだろうか……。

摩璃子がささやいた。

「竜翔先生、二回目のサード・アイをお願いします」

「わかった」

翔はうなずいた。

「でも、いいですか。眠ってはだめですよ。今度は眠らないで、ちゃんと謎を解いてくださいよ」

まるでぼんくらの催眠術師を、有能な助手が叱咤《しった》するような口調で、摩璃子は言った。

「わかっているよ」

翔はうなずいた。

よし、今度こそは、美織の心の中にちゃんと入っていこう。より集中するために、椅子の上で、蓮華座《れんげざ》と呼ばれている結跏趺坐《けっかふざ》を組んだ。それはかつて仏陀が瞑想するときにもちいていた座法であり、両膝をあぐらをかくように曲げ、右足を左足の太ももに、左足を右足の太もものにのせるという座法だった。

長い脚を結跏趺坐に組んで、翔はまず一分間、瞑想することにした。しかし、眼をつぶると、憎々しいボス鴉や、がははと笑う大河原や、疑りぶかそうにこちらを見るさよの顔など、妄想がむらむらと湧いてきて、離れていかなかった。

よそう、瞑想は。

翔は眼をみひらいた。右手のひとさし指を伸ばし、美織の眉間の上、第三の眼のあたりに近づけていった。

いま美織はなにを夢見ているのか?

ひとさし指が、美織の滑らかな肌に触れた。

とたん、翔は眠りに落ちた。

しばらくなにも視えなかった。やがて、視界がひろがってきた。そこは美織の部屋のようだった。白いヴェールのかかったベッドで、美織は眠っている様子だった。

美織の部屋だ。では、ぼくはまだ美織の夢の中に入っていないのだろうか?

しかし、なにかがちがった。その部屋には、翔しかいなかった。そばに付き添っているはずの摩璃子の姿がなかったのだ。

ちがう。ここは現実の美織の部屋ではない。夢の部屋だ。

そう思っていると、不思議なことに、壁中に吊るされているドライフラワーが、みるみる変化していった。枯れ、しおれていた花々が生き返りはじめたのだ。薔薇、ダリア、水仙、菊、百合、ひなげしといった花々がいっせいによみがえり、紅や黄色、虹色、橙色と、鮮やかな色合いで、匂やかに咲きひらいていく。

翔はそのありさまを茫然として見つめた。やはり、ここは夢の部屋だ。美織の夢の中に、ぼくはいるのだ。

よみがえったドライフラワーが華やかに咲いているのをみまわしながら、翔は、ふと不安に駆られた。もしかしたら、これをきっかけにして、あの凄まじい風が襲ってくるのではないのか。

するうと、翔の不安に呼応するように、どこからともなく風が吹きはじめた。

またもや吹き飛ばされるのか。警戒していると、風に吹かれて、花々が壁から飛び離れて、部屋中をくるくると乱舞しはじめた。

ぼくではなく、花が風に舞っている。

みまもっていると、そのうちに乱舞していた花々が壁に吸いつけられるように戻っていった。壁にもどったとたん、奇怪なことに、薔薇やダリア、ひなげしが、みるみる花弁をしおれさせていった。以前のドライフラワーに戻っていったのだ。

では、ぼくは現実の部屋に戻ったのか？　翔はあたりをみまわしたが、摩璃子はやはりいなかった。その部屋には、翔と眠る美織しかいなかったのである。いや、ここはやはり夢の中で、夢の部屋なのだ。

翔は息をつき、そろそろと美織のもとに近づいていった。

あっ。息をのんだ。

美織の白い衣をまとった胸から首にかけて、赤い小さな蛇がひそんでいるのに気づいたのだ。見ていると、蛇は金赤色の細い胴でゆるゆると動いていて、やがて美織の細い首に巻きついた。

なんだ、あの蛇は。

翔は身震いした。爬虫類は苦手だったのだ。とくに、蛇が、大の大の苦手だった。幼少期を過ごした九州の佐賀には蝮《まむし》がたくさんいて、級友のひとりが噛まれて死んだことがあった。だから、蛇をみると、恐怖でジンマシンが出るのだ。

しかし、いまはそんなことを言っていられなかった。翔は真っ赤なジンマシンが顔や手にぽつぽつと浮かんできそうになるのを気色悪く感じながら、必死で考えた。

もしや、あれが美織に眠りをもたらしているのではないのか？　もしもそうなら、あの蛇こそが元凶であり、宮本が予測した夢魔ということになるが……。いや、決めつけてはいけない。よくわからないんだから。しかし、あの蛇はなにものなのだ？美織を眠らせているのは、幻の蝶ではなく、じつは、あの小さな赤い蛇だというのだろうか？

翔は赤い蛇を凝視した。

いずれにせよ、この蛇をとりのぞけば、美織はめざめるのではないのか？

だが、蛇に触るのは、おそろしかった。ジンマシンが手足ばかりか、全身に噴き出してくるにちがいなかった。どうする。どうすればいい。翔はくちびるを噛んだ。しようがない。このさい、ジンマシンをおそれず、蛮勇をふるって、蛇をとりのぞくしかない。

翔はおそるおそる蛇に向かって、手を伸ばしていった。まだ触ってもいないのに、真っ赤なジンマシンが全身にぱあっと浮かぶのがわかった。

ああ、いやだ。いやだ。

瞬間、蛇は美織の首から、翔の手に飛びうつり、するすると這いのぼって、翔の咽《の》喉《ど》に噛みついた。

痛い！

痛みにおののいて、翔は急いで蛇を手ではらいのけようとした。だが、そのとき、『薔薇の心をひらかせるには』の言葉が浮かんだ。

──少女の心には、いろんなものがひそんでいる。その心をひらかせるのに、もっともたいせつなのは、けっしてさからわないこと……。

翔は眉をしかめた。いや、これは眠りの精ではない。おそらく、この蛇は少女の心の扉を守っている精霊なのにちがいない。だから、その心をひらかせるには、けっしてさからってはいけないのだ。

翔は、全身のジンマシンと咽喉の痛みを、じっと我慢することにした。こらえろ。さからうな。じっとしているのだ。

蛇はしばらく翔の咽喉に噛みついていたが、やがて、牙を離した。そして翔から離れ、尻尾をくねらせて、するすると美織のもとへ戻っていった。美織の白い衣の中に消えた蛇を見て、翔は胸をなでおろした。ジンマシンも消えていった。

ようし、がまんしたかいがあったぞ。これで、心の扉があいたのではないのか。そう思った瞬間、翔は、なにか琴線に触れるような、哀しいほどに澄んだ鳴き声を聴いた。

——りいいぃいぃいぃいぃいぃぃ。

それはフルートのように澄み切った、高い高い声で啼いている声だった。同時に、むっとするような熱気がおそってきた。熱帯植物園にいるときのような濃い匂いがあたりにたちこめている。

美織の心の扉がひらいて、夢の部屋から、別の場所に移ったのだ。

そう思いながら、翔が見上げると、薄茶色の樹にはりついた小さな茶色の蝉たちが、とぎれることなく、りぃいぃいぃいぃいぃぃと啼きつづけている。

しかし、ここはどこなのだろう？

翔はあたりをみまわした。どうやら、深い密林にいるようだった。巨大な石像の顔が、丸太のように太いガジュマルの白い蔓にからみつかれて、瞳のない白い眼で、どこか彼方を見据えていた。しかも石像はひとつではなかった。いくつもいくつも密林の中に並んでいる。赤道に近い熱帯らしく、空気は暑く蒸れている。

美織は、夢のなかで、人の姿がない太古の熱帯の密林にいるのか。

しかし、夢をみている美織の姿がみあたらなかった。

どこにいるのだろう、美織は？　翔は密林のなかを歩いていった。すると、頭に触れるものがあった。見上げると、ガジュマルの細い蔓だった。雨のしずくのように、空から降りてきたのだ。

なぜ、ぼくの頭に？

ガジュマルは、はじめは細い蔓だが、それがしだいに太くたくましくなると、やがては石すら割り裂いてしまう強靭な樹木に成長することを、翔は知っていた。

まさか、ぼくに巻きついてはこないよな。そう思っていると、別の蔓がすっと落ちてきた。

えっ。うそだろう。

茫然としていると、次から次へと、ガジュマルの蔓が翔の頭に降り落ちて来た。それらはまるで生き物のように、翔の体にからみつき、巻きついてきた。

なんだ。まだ、美織の心の扉は完全にひらいてはいなかったのか。あわてず、さわがず、動じるな。翔は自分に言い聞かせた。しかし、一本の細い蔓が翔の首に巻きついて、きゅるきゅると絞めつけはじめた。

苦しい。息がつけない。翔は苦しさのあまり、その蔓をつかみ、ひっぱって、取り除こうとした。しかし、蔓は巻きついたまま、はがれようとしなかった。

う……。意識があったのは、そこまでだった。そのまま、密林は真っ暗になっていき、翔は眠りに落ちていった。

「――竜翔先生、起きてくださいよ」

体をゆさぶって言う声に、翔ははっとして、眼をみひらいた。

「また眠ってしまったじゃありませんか」

摩璃子は責めるように言った。

「あれほど注意したのに。ガーッて、いびきさえ聞こえましたよ。これはもうだめだと思って、起こしたんですよ」

そうか、ぼくはあのあと眠ってしまったのか。

翔はたずねた。

「どのくらい、時間が経ったんだい」

「サード・アイをはじめてから、三分くらいです」

「三分……」

翔はつぶやいた。

三分か。あのなまなましい夢が、たった三分のできごとだったとは……。

摩璃子がたずねた。

「視たんですか、美織ちゃんの夢」

「うん、視た」

「それで、どんな夢を美織ちゃんは視ていたんですか?」

「異国の夢だよ。遠い暑い国の、おそらくは、遠い過去の夢」

「遠い暑い国の?」

「そう。あれは、きっと太古の密林だったにちがいない」

「じゃあ、美織ちゃんは、ティラノサウルスなんかがうようよしている、恐竜たちの時代の夢を見ているんですか」

「いや、そんな夢じゃない。もっと静かな、なにもかも死に絶えたような、巨大な神々の石像さえも眠っているような、そんな夢だった」

「神々さえも、眠っているんですね」

摩璃子がつぶやいた。

「それで、どこにいたんですか、その幻の蝶は?」

「わからない」

翔はため息をついた。

「視たかぎりでは、みつからなかった」

「じゃあ、なにが美織ちゃんを眠らせているんですか。エンジェル・モルフォ蝶じゃないんですか」

「それがわからないんだよ、ほんとうに……」

「そんなことって。そんな、かわいそうですよ。美織ちゃん、かわいそうすぎます。竜翔先生。なんとかしてくださいよ」

「うん。なんとかするから、考えさせてくれよ」

翔はそう言うのがせいいっぱいだったが、摩璃子は言った。

「じゃあ、明日の日曜日。十時に、ここで。竜翔先生、明日こそは、美織ちゃんのめざめのときですからね」

部屋の扉をあけると、さよがいた。どうやら、ずっと聞き耳を立てていた様子だった。けれど、そんなそぶりは見せず、ていちょうな声で言った。

「ご苦労さまどしたな」

いったい、この祖母は、孫に、幻の蝶がとりついていると聞いて、どんなふうに思っているのだろう。そんなに動揺もしていないようだし。

翔が思っていると、摩璃子が言った。

「では、おばあさま。失礼します。また明日、竜翔先生といっしょに来ますから」

七　その蝶が、もしも……。

国会裏図書館は静まり返っていた。

立てつけの悪い戸をなんとか開けて、中にはいると、宮本が古い円卓につっぷして眠っていた。どうやら、ざるそばを食べたあと、午睡をしている様子だった。

もしかして、宮本も鱗粉をふりかけられたのだろうか。眠たくなったのなら、本棚の下に隠してある寝袋のなかに寝ればいいのに。しかし、それではあまりにも不用心か。

翔は宮本の前に近づき、丸い籐椅子にすわった。それは翔専用の椅子だった。けれど、あのガジュマルの蔓はなんなのだろう？　美織の心をしっかり守っているものなのだろうか？

翔が腕組みして考えこんでいると、宮本が眼をさまして、顔をあげた。

「来ていたのか。起こせよ」

宮本は眼をこすりながら言った。

「いや、悪いような気がしてな。いい夢だったか？」

翔がたずねると、宮本は自嘲するように笑った。

「それが、なんとも言いようのない、くだらないやつさ。それで、少女の心の扉は、ひらいたのか？」

「第一の扉はね」

「風か？」

「いや、ちがっていた。小さな赤い蛇さ。フュスリの描いた不気味な猿や恐ろしい馬ではなくって、小さな蛇だった」

「小さな赤い蛇か」

翔は全身に浮かんだジンマシンを思いだしながら、うなずいた。

「それが少女の首に巻きついていて。取り除こうとすると、咽喉に噛みつかれた」

「そいつは、大変だ。痛かったか？」

「かなりね。でも、さからっちゃいけないと思って、我慢した」

「えらい」

「すると、蛇は噛みつくのをやめて、少女のもとにもどったけど、そのあとが大変さ」

「第一の扉はクリアしたけれど、というわけか。それで、どうなった？」

翔の脳裡に、美織の夢の光景が浮かんだ。

「そこは密林だったんだ」

「ほう、密林ね」

「密林のなかに、アンコールワットのような遺跡があって、ガジュマルが仏像の顔にからみついているんだ」

「おもしろい、アンコールワットだったのか」

「少女がどこで眠っているのか捜していると、ガジュマルの細い蔓が降りてきたんだ。何本も、何本も、ぼくの頭に」

「そいつは凄い話だな。ガジュマルというやつは、成長すると、岩をも砕くからな」

「うん。怖かったよ。その細い蔓がぼくの首を絞めつけたんで、そこで、もうギブアップさ」

「第二の扉はひらかなかったんだ。しかし、その子の心の扉はそうとうなものだな」

宮本は感心したように言った。

「それで、こうせいに、調べてもらいたいんだよ」

「なにを？」

宮本はアラビアコーヒーを淹《い》れはじめた。

「それが、蝶なんだ」

「蝶？」

「幻の蝶らしくて、名前は、エンジェル・モルフォ蝶」

宮本の手が止まった。

「エンジェル・モルフォ蝶？」

「うん」

「おまえの口から、その名が出てくるとはな」

翔はたずねた。

「そもそも、そんな蝶、実在するのか？」

宮本は首をふった。

「いるわけ、ないだろう」

それから宮本は、アラビアコーヒーを自分の真っ黒なカップと、翔の有田焼のカップに入れた。無駄だろうけれど、と思いながら、翔は言った。

「砂糖は？」

「ないよ」

「やはりな」

翔は砂糖なしの苦いアラビアコーヒーを飲みながら、たずねた。

「ほんとうに、そんな蝶は、いないのか？」

「いないよ。と、思うけど、な」

宮本の言葉のニュアンスが微妙に変わった。

「でも、昨日、菊村恭介が血相を変えて、捜していたんだぜ。そしてぼくに、たずねたんだ。瑠璃色の蝶を見かけなかったかって」

「えっ、ほんとうか？」

宮本は驚いたようにたずねた。

「嘘なんかつかない」

「あの蝶の権威、菊村恭介が捜していたのか？」

「しかも、青山墓地で、だよ」

「青山墓地？　それは、それは……」

宮本はアラビアコーヒーを飲んで、しばらく黙って考えたあと、立ち上がった。

「ちょっと、待っていな」

宮本は書棚の奥に隠れた。そして、数分後に一冊の本をたずさえて、出て来た。黒緑色の革表紙の分厚い大きな書物だった。

「なんか凄い本だな。なんて本だ」

「昔、昔の、コプト語で書かれた、名前もよくわからない本さ。ええっと、エンジェル・モルフォ蝶だろう……」

宮本はページをめくった。めくるたびに、眼には視えない、微細な黴と細菌が飛んできそうだった。

「ここだ。ここに書かれている。あれっ、破れているぞ、とちゅうで」

宮本が舌打ちした。のぞいて見ると、誰かが故意にちぎり取ったように、ページの下部が破り取られていた。

「この先は読むなって、誰かが破ったのか？」

「さあ、どうだろう。まあ、読めるところまで読んでみよう」

難解な文章を判読するようにして、宮本は翻訳しはじめた。

――エンジェル・モルフォ蝶。

ギリシアの美神アフロディテが……夢の神であるモルフェウスと交わって、産まれた蝶……。その子孫が、千年に一度……世界のいずこかの神殿にあるアフロディテ神像から、蛹となって出てくる……。蛹がかえると……新しいエンジェル・モルフォ蝶があらわれる……。

翔は口をはさんだ。

「そうか。エンジェル・モルフォ蝶というのは、美神アフロディテと夢の神モルフェウスの子だったのか」

　宮本はうなずいた。

「みたいだな。でも、これらはあくまでも、秘密のものとして書かれたものだからな。誰もが知ってる、オープンな神話じゃないぞ」

「オープンな神話？」

「そうさ。神話にも、おおやけに知られているオープンなやつと、ごくかぎられた者にしかつたわっていない、裏神話があるからな。いわば、禁じられた神話さ」

「禁じられた神話か。しかし、千年に一度、あらわれる蝶とは……」

　宮本が言った。

「いいか、先、読むぞ」

――エンジェル・モルフォ蝶は……天より墜落した悪魔族にとっては、すくいの蝶である……。なぜなら、天より墜ちてから眠れなくなった悪魔族に……いっときの眠りをもたらしてくれるからである……。

「えっ、悪魔族というのは、眠れないのか？」

　翔はまたもや口をはさんだ。

「そうさ。そもそも悪魔たちは全能の神にそむいたんだからな。彼らに安息はあたえられてないのさ」

「じゃあ、ルシファーとか、ベルゼブルとか、メフィストフェレスとか、有名どころの悪魔たちも、眠れずに困っているのか」

「そう。まったく眠れないのさ。やすらぎがないのさ」

「それは知らなかった」

翔はつぶやいた。

まったく眠れない、とはな。いくら神にそむいたからといっても、すこしばかりかわいそうじゃないか。

翔が悪魔たちにすくなからぬ同情の念を抱いていると、宮本はつづけた。

――しかし、エンジェル・モルフォ蝶には……知られていない怖さがある……。この蝶は、この世のありとあらゆるものに……眠りと夢をもたらすのだが……この蝶が、もしも……。

「くそっ。ここまでだ。あとは、ちぎり取られている」

宮本は悔しそうにつぶやいた。

「えっ、ほんとうに、そこまでなのか」

翔はがっかりした。

「そのようだ」

宮本はつぶやいた。

「だって、肝心なところだろう、そこは。そのあとは、どうなっているんだ？」

翔は、右眉を右手の小指で、ぎりっ、ぎりっと何度もさわりながら、言った。

「もしかしたら……。なにものかが破ったのかもしれない」

その言葉には、宮本らしくない響きがあった。

「なにものかが？」

「……うん」

生返事をする宮本の顔を、翔は見やった。

めずらしく、宮本は青ざめていた。なにかを想像して、恐怖を覚えているようだった。宮本のそんな顔を見るのは、ひさしぶりだった。

まさかな、翔は思った。裏図書館に出入りする者は、宮本とぼく以外、ほとんどいないはずだ。にもかかわらず、だれかが侵入して、この書のこのページを破り捨てたというのだろうか？

「ここを、だれかが破ったというのかい？」

「いや、もともと破れていたのかもしれない……」

宮本の口調は歯切れがわるかった。

あまり追及しない方がいいのかもしれない。しかし、この世のありとあらゆるものに眠りと夢をもたらす蝶が、もしも……とは、なんだろう。そのあとに、なにが書かれていたのだろう？

「その、知られていない怖さって、こうせいは、なんだと思う？」

「うん、そうだな」

宮本の顔はもとに戻っていた。冷静な口調で、宮本は言った。

「おれが推測するに、この蝶は、眠りと夢だけではないものを、もたらすのかもしれない」

「眠りと夢だけではないもの？　なんだい、それは？」

「おそらく、もたらされては困るもの、だろうな」

「もたらされては、困るもの？」

翔は右眉を右手の小指で、じりじりっと、何度も撫でた。なにか、おそろしく不快なものを感じてしまったのだ。

「それって、なんだろう？」

「たとえば……」

宮本は低い声で言った。

「カタストロフィ」

「カタストロフィ？　まさか、破滅って、か。夢と眠りをもたらす瑠璃色の美しい蝶が、世界にカタストロフィをもたらすかもしれないぞって、か？」

そのとき、翔は、菊村がテレビで言っていたことを思い出した。

――エンジェル・モルフォ蝶は、やすらぎだけでなくて、災いをもたらすこともあるらしいんですよ。なんでも、太古に、ひとつの村がほろびたとか、異常昏睡や不治の病をもたらしたとか、こわい伝説もあるんですよ……。

宮本はうなずいた。

「もしかしたら、だよ」

そう言うと、宮本は立ち上がって、新しいアラビアコーヒーを淹れた。それから椅子にすわって、つぶやいた。

「ひとりに、眠りをもたらすくらいなら、いいさ」

謎のような宮本の言葉に、翔は首をかしげた。

「ひとりにもたらすなら、いい？」

「そうさ。でも、たくさんのひとに、それをもたらしたら、どうなる？」

「たくさんのひとって……」

「たとえば、もしも全人類に、いっせいに眠りがもたらされたら、どうなる？」

翔は愕然《がくぜん》とした。たしかに、ひとりとか、ふたりとかに、夢と眠りをもたらすのなら、癒しになるだろうが、それが全人類にもたらされたなら……。そして、その眠りがめざめないものだったなら……。

翔は思わず叫んだ。

「そんなことになったら、人類は破滅するじゃないか！」

宮本は苦い笑みを浮かべた。

「地球はすくわれるかもしれないけれどね」

それは痛烈な言葉だった。

「たしかに、核実験とか、温暖化とか、空気汚染とか、ろくなことはしないし。地球の害虫みたいなところが、人類はあるにはあるよ。でも、滅びてしまうほどの害をなしているかどうか……」

翔は人類のために、弁解したくなった。

「まあ、そこまではいかないと思うけどね」

宮本はつぶやいた。

「そうだよ。だいいち、そんなにもたくさんのエンジェル・モルフォ蝶を生みだせるかどうか、どだい無理だよ」

「そうだな。全人類を一度に眠らせるほどの、たくさんのエンジェル・モルフォ蝶がいっぺんにあらわれるというのは、無理な話だろうな」

翔は右眉を右手の小指で、じりっじりっと触って、言った。

「そうさ、無理だよ」

「しかし、数千匹の蝶なら、どうだ?」

数千匹のエンジェル・モルフォ蝶だって?

身震いしながら、翔は言った。

「でも、こーせー。話を素っ飛ばすのはやめようぜ。いまは、少女に眠りをもたらしている蝶が、問題なんだ。そこを集中して考えようぜ」

「うん。たしかにそうだ。ちょっと、おれは、ペシミスティックになってしまったのかもな」

「とにかく、話をもどそう」

翔は口調をあらためて言った。

「いま、青山神社に住む、美織ちゃんという名のひとりの少女が、不可解な眠りにおちいっている。もう八日間も眠りつづけて、めざめない。それはなぜか?」

「うむ」

宮本はアラビアコーヒーを飲んで、うなずいた。

「どうやら、その眠りには、エンジェル・モルフォ蝶という、夢をもたらす蝶がかかわっているように思われる」

「うむ」

「なぜ、そう思われるかというと、その蝶は、あくまでも幻の蝶であるにもかかわらず、まるで実在するように、菊村が青山墓地で捜していたから」

「うむ、悪くない推理だ」

宮本の言葉に力を得て、翔は言った。

「そこで、問題は、美織ちゃんに眠りをもたらしているエンジェル・モルフォ蝶を、あるいはその及ぼしている力を、いかにしてとりのぞくか、だ」

「うむ、そこだな」

「だから、ぼくはまず、キリヤ・クレールの『薔薇の心をひらかせるには』を参考にして、美織ちゃんの夢の中に入っていこうとした」

「うむ」

「さいわい、第一の心の扉はあけることができた」

「うむ」

「しかし、第二の心の扉はあけられなかった」

「そのようだな」

「しかし、どうすれば、いいんだろう。第二、第三と扉があるとしたら……」

翔は自問するように、つぶやいた。

「まあ、ひとつひとつ、少女の心をひらかせていくしかないだろう」

宮本は冷静に言った。

「では、第二、第三と、なんとか心の扉をあけることができたとするぞ。そうしたら、次に、なにをすればいいんだ？」

翔の問いに、宮本は黙って答えなかった。

「もしかすると、菊村に会う必要があるのかな」

翔がつぶやくと、宮本は言った。

「それはひとつの手だな。もしもエンジェル・モルフォ蝶を青山墓地で捜していたのなら、なぜ、この地に幻の蝶がいるのか、知っているだろうし」

翔はうなずいた。

「よし。これから、やつのところへ行ってみるよ」

八　蝶部屋

翔は国会裏図書館を出ると、摩璃子にすぐ電話した。

「はい、竜翔先生、なんでしょうか」

「もうしわけないけど、菊村恭介の家がどこにあるか、いますぐ調べてほしいんだ」

摩璃子はたずねた。

「行くんですか、菊村教授の家へ」

「うん。そのつもりだけどね」

「そのまま十五秒ほど、待ってください。すぐに『文芸手帳』で調べます」

摩璃子は、作家の名前と住所がのっている「文芸手帳」で菊村の家をみつけて、翔にそれを教えた。

「竜翔先生、菊村教授の家は、港区、青山〇丁目……です」

「ありがとう」

翔はポケットに携帯をしまうと、ママチャリを漕いだ。青山近辺には、土地勘があった。翔は、ママチャリを漕いで、菊村の家を捜した。

あった、ここだ。その家は青山墓地のすぐ裏手にあった。かなりの年月を経てきたような、古めかしい洋館で、高い石塀には蔦がびっしりと生い茂っている。門にとりつけてあるインターフォンを押すと、しばらくして、菊村本人の声がした。

「誰です?」

誰です、はないだろう。そう思いながら、翔は言った。

「昨日、青山墓地で会った者です。先生が捜しておられた蝶について、お耳に入れたいことがありまして」

菊村の声が変わった。

「じゃ、入って。玄関の扉は開けておくから」

置き石でつくられた道を歩き、翔は玄関の扉を開けた。すると、菊村が待ち構えていたように、アゲハ蝶のかたちをしたスリッパをはいて、立っていた。

「あ、やっぱり、あなたか」

翔を見ると、菊村は言った。

「突然の訪問、ゆるしてください。ぼくは竜造寺翔といい、小説を書いている者です」

「小説家ですか、あなたは」

菊村は警戒するような表情を浮かべた。

「はい」

「ま、お上がりなさい」

菊村は、同じアゲハ蝶のかたちをしたスリッパを指し示した。翔はブーツを脱ぎ、スリッパをはいた。廊下の壁中に、蝶の標本箱が並んでいた。そこには、蝶についてはほとんど知らない翔でさえそれとわかる、珍しい異国の蝶が、天国的な色合いで、美麗きわまりない羽をひろげていた。

いったい、菊村はその生涯で、何匹の蝶を捕獲してきたのだろう？　翔はそれらの蝶を見やって、その殺戮《さつりく》のありさまを痛々しく思った。

案内されたのは、変わった部屋だった。広い部屋の中に、もうひとつガラス張りの温室が作られていて、そこでは生きた蝶を養育しているのか、眼の細かい金網のカゴがいくつも吊るされていた。カゴの中では、眼のさめるような美しい色の蝶が花びらに止まって、蜜を吸っていたり、かすかに羽ばたいたりしていた。

菊村は、温室の扉の前の簡易なパイプ椅子にすわり、翔にも椅子をすすめた。翔がすわると、菊村は単刀直入に聞いてきた。

「それで、わたしの耳に入れたいことって？」

ならば、こちらもまわり道はやめて、率直に言おう。

「先生が捜していたのは、エンジェル・モルフォ蝶でしょう」

一瞬、菊村は驚いた表情をしたあと、

「なんだね、その蝶は」

と、とぼけた。

「先生が、このあいだテレビで言われていた、幻の蝶ですよ」

翔は菊村を見据えて言った。

「その蝶が、いまひとりの少女を眠らせているんです」

菊村は苦い顔になった。それから、しぼりだすように言った。

「……少女を眠らせている？」

「ええ」

翔はうなずいた。

「君がぜんたいなにを言っているのか、わたしにはよくわからないけれど……」

菊村はごまかそうとした。

「いいえ、わかっておられるはずです。先生は、なんらかの方法で、実在しないはずの、幻とされている、エンジェル・モルフォ蝶をみつけられた。けれど、それが先生のところから、逃げてしまった。そうじゃありませんか」

「わからないね。わたしが、仮にだよ、そんな蝶をみつけたとしてだよ、わたしがそれを逃がしたとでも、いうのかい」

「いや、故意にではなく、逃げられたんでしょう。先生はずっと、この青山の家にいらしたんですか。どこかに行ってらしたんじゃないんですか？」

菊村は苦しそうに言った。

「たしかにわたしは、学会で、しばらくパリに行っていて、昨日の朝、帰ってきたところだけど、それとこれがなんの関係があるのか、わたしにはさっぱりわからない」

「じゃあ、先生がいらっしゃらないときに、逃げたんでしょう、エンジェル・モルフォ蝶が」

菊村はあごをひいて、おし黙ってしまった。

「いずれにせよ、先生の家から逃げたエンジェル・モルフォ蝶が、いまひとりの少女のなかにいて、眠りをもたらしているんですよ」

翔はそこで強調した。

「さめない、眠りを」

肩で息をしたあと、菊村はたずねた。

「それで、その少女は、どこにいるんだね？」

「どことは言えませんが、近くにはいます」

「近くにいるのか……」

菊村は唇をふるわせて、言った。

「で、その子は、どんな子なのかな？」

「どんな子って？」

菊村はぐっとあごをひき、しばらく考えこむようにしてから、言った。

「もしも、もしもだよ。君の言う、その蝶とやらが、その子にとり憑いているとしたら、その子はふつうの子ではないはずだ」

「ふつうの子ではない、とは？」

菊村は口走った。

「その子がアルファならまだしも、ひょっとして、スーパー・アルファだったら……」

待て、待て。

なんだ、アルファとか、スーパー・アルファとか。

「なんですか、それ、アルファって」

「どの時代、どの国においても、全体のうちの五パーセント、きわだって有能な者たちが存在する。各分野において、リーダー的存在となる彼らは、だいたい、きまって百人に五人、つまり五パーセントの割合で存在する」

菊村は、自分もそのひとりであると言いたそうな顔で、言った。

「五パーセント……」

翔がつぶやくと、菊村は言った。

「それらの五パーセントの者たちを、アルファと呼ぶんだよ。しかし、この世には、五パーセントどころではない、○・○○○五パーセントほどの割合で、スーパー・アルファと呼ばれる、特殊な能力を持った者たちがいる」

「特殊な能力？」

「そう」

「先生は、もしかして、美織ちゃんがスーパー・アルファかもしれないというんですか？」

「美織？」

菊村は眼を細めた。

「美織という名かい、その子は」

しまった、言うつもりはなかったのに、名前を明かしてしまった。ほぞを噬《か》みながら、翔はたずねた。

「もしかしたら、ごぞんじなんですか」

菊村はうなずいた。

「よくは知らない。けれど、近くの青山神社に、両親が不幸な事故でなくなった、霊感のある子がいると聞いたことがある。その名は、たしか、美織とか」

こうなったら、もうしかたがない。

「そうです。その青山神社の美織ちゃんが、いま八日間も眠りつづけているんです。眠りからさめないいんですよ」

菊村は視線を左ななめ上にあげて、虚空を見つめるようにして、つぶやいた。

「……そうか。ぼくがパリに行っている間……。八日前に、孵《かえ》っていたのか」

「孵っていた？　じゃあ、やはりここで蛹を飼っていたんですね」

菊村はそれに答えなかった。青い顔でしばらくうつむき、なにか考えこんだあと、顔をあげた。翔に向かって、唇をふるわせながら言った。

「もしもだよ。もしも、その子が真性のスーパー・アルファなら、大変なことになる」

おびえたような顔の菊村に、翔はどきっとした。宮本が読んでくれたコプト語の古書が、脳裡をよぎったからだ。

――しかし、エンジェル・モルフォ蝶には、知られていない怖さがある……。この蝶は、この世のありとあらゆるものに眠りと夢をもたらすのだが、この蝶が、もしも……。

ひょっとすると、菊村は、あの古書の先に書かれていたことを、知っていたのではないのか？

「大変なことって、なんですか？」

翔は性急にたずねた。

「それは……」

菊村は青ざめた顔で、言い渋った。

「もしも、エンジェル・モルフォ蝶が、アルファの体くらいならまだしも、スーパー・アルファの体に宿れば……」

「宿れば？　なにが起きるんですか？」

菊村は口をつぐんだ。翔はためらいながら、とっさにひらめいた推測を思い切って言ってみた。

「破滅的なことが起きる、というんですか。テレビで、先生がおっしゃっていた、ひとつの村がほろびたとか、不治の病にかかったとか、そんなことが起きるんですか？」

翔の言葉に、菊村が身震いした。

「いや、知らない！　わたしはなにも知らないっ！」

ふいに菊村はうろたえたように、叫んだ。

「だいいち、わたしはエンジェル・モルフォ蝶なんか知らないんだよ。そりゃあ、知識としては知っているよ。昔、昔、ある文明をもった一族の、超能力少女にそれがとり憑き、このままでは一族が全滅すると、司祭たちがけんめいにそれをとりのぞこうとしたとか、そんな伝説は知っているよ。でも、それは知識だからね。それが実在するなんて、わたしは知らない。とにかく、その蝶に関しては、わたしには、いっさい責任がない！」

それから、翔を追いたてるように言った。

「さあ、もう、帰ってくれ。変なことを言って、わたしを困らせないでくれ。帰らないのなら、警察を呼ぶぞ」

菊村の顔に浮かんでいる恐怖の表情に、翔はぞっとした。

まさか、ぼくの推測通りだというのか。スーパー・アルファである美織の体に、エンジェル・モルフォ蝶が宿れば、大変なことになる。ある一族が全滅するようなことが、現実に起きてしまう、というのか。

「いったい、なにが起きるというんですか？　教えてください。先生は知っておられるんでしょう。なにが起きるのか、それを食い止めるには、どうすればいいのか。その司祭たちは、超能力少女にとり憑いた蝶をとりのぞくのに、なにをどうしたんですか。教えてください、お願いします」

だが、菊村は顔をゆがめて、言いつのるばかりだった。

「知らない！　わたしはなんにも知らない！　わたしには、なんの責任もない！　なにが起きようとも、わたしにはかかわりのないことだ！」

翔は菊村を睨みつけた。

すべての原因をつくったのは、おまえじゃないのか。おまえが、なんらかの非合法な手段で、エンジェル・モルフォ蝶の蛹を持ってきて、ここで羽化させようとしていたんだろう。それが、いつかしら孵って、美織に宿ったんじゃないか。

そう言いたかったが、証拠もないのに、咎《とが》めだてすることはできなかった。

「帰ってくれっ！」

菊村は悲鳴をあげた。

「もう、わたしを煩わさないでくれっ！」

このままでは、ほんとうに警察を呼びそうだった。

やむをえない。

翔は唇を噛んで、その場を去った。

九　オートマティスム

翔は菊村の家を出ると、觔斗雲に乗った。

どういうことだ、あの菊村の狼狽ぶりは。あの顔には、あきらかに恐怖があった。このまま、美織にエンジェル・モルフォ蝶が宿りつづければ、大変なことが起きる、と。

では、どうすればいいのか。ぼくは、なにをすればいいのか。なにもかも、どんづまりじゃないか。

御苑前のマンションにもどると、翔は、ベッドに仰向けになった。菊村の蒼ざめた顔が頭から離れなかった。

「切り換えよう。頭を、すこし切り換えよう。そうしないと、頭が変になる。こんなときは、新しい謎々をつくって、思考をがらっと変えよう……」

つぶやいていると、ふいに言葉が浮かんだ。

「マンゴー、ミカン、メロン、モンブラン。うん、これは語呂がかなりいい」

翔は、まるでそこに摩璃子がいるかのように、たずねてみた。

「これ、わかるかな?」

それから、ひとりで、小芝居をした。

「なに、わからない? ほら、マンゴーのマ、ミカンのミ、メロンのメ、モンブランのモ、つまり、マ、ミ、メ、モだよ。なにがない?」

翔は、むふふと笑った。

「ムがないのさ。だから、ムナシイ」

翔はベッドを叩いて、やけくそのように笑いだした。

「むなしい、むなしい、むなしい……」

しばらく笑いつづけたあと、翔は、息をしずめた。

頭がなんとか切り換わったところで、やおら本棚を見やった。そこに並べられている『不思議探偵ジュリアン』をぼんやりと見つめた。なにか、そこに美織事件を解決するヒントがあるような、そんな気がしたのだ。

翔はベッドから起き上がった。なにかに示唆されたように、四巻めの本を手に取った。ぱらぱらめくると、十八ページにある言葉が、眼に止まった。

——じゃあ、オートマティスムをやってみようか。

ジュリアンが謎を解くために、「自動筆記」といわれている「オートマティスム」を試みるシーンがそこに描かれていたのだ。

オートマティスムか。翔の心にひらめくものがあった。そうだ。こんなときには、多くの心霊術師たちが試みたという、オートマティスムが役立つかもしれないぞ。よし、やってみる価値はある。

藁《わら》をもつかむ思いで、翔はそれを試してみることにした。まず、固い椅子にすわった。それから机の上に白紙を置いた。お気に入りの万年筆をかまえた。翔は眼を閉じた。

余分な力をぬけ。自分に言い聞かせて、肩から力をぬいた。そして、眠りつづける美織を思った。

ぼくは、なにをすればよいのか？　翔はみずからにたずねた。

――ぼくの無意識よ、ぼくに教えてくれ。ぼくがなすべきことを。

眼をつぶって、じっとしていると、しばらくして、ペン先が自然に動いた。無意識に、なにかを書いている。それだけはわかったが、自分の手がなにを書いているのかは、わからなかった。やがて、手が止まった。

書き終えたのか？　心に問うと、書き終えたと答えがあった。

よし。翔は眼をみひらいた。白い紙には、万年筆の青いインクで、ひとつの文字が書かれていた。

耳

なんだ、これは？　「耳」とは、どういうことなんだ？

翔は茫然として、その文字を見やった。自分がなにを書いたのか、まったくわからないままに、その文字を書いていたのだ。

わからないぞ、どういうことなんだ、耳とは……。

翔はその文字をじいっと見つめたあと、頭をかかえた。謎を解くためにおこなったオートマティスムが、さらに謎を深めてしまったのだ。

翔はため息をついて、つぶやいた。

「エンジェル・モルフォ蝶……」

いったい、それはどんな姿をしているのだろう？　瑠璃色の美しい羽をしているということだけは、わかっているが、どんなかたちなのだろう？　その蝶がどうして美織に宿ったのだろう？　そもそも、エンジェル・モルフォ蝶は、なんのために、この世に千年に一度あらわれてくるのか？

答えがわからないまま、翔はつぶやいた。

「癒しのためか？　それとも、カタストロフィのためか？」

十　エンジェル・モルフォ蝶

　日曜日の朝が来た。そのとき翔は夢をみていた。不思議な夢だった。太古の密林で、翔は巨大な石像の首となって、ぼんやりと考えていたのだ。

　もう、どのくらい自分はここにいるのだろう。なんだか、遠い遠い昔からここにいるような気がする……。

　すると、頭の上に、ひとすじの緑色の蔓がおりてきた。それはガジュマルの蔓だった。蔓は細く、いかにもたよりなげだったが、時が過ぎていくうちに、その根は太くたくましく成長していった。そして、いつのまにか巨人の白い腕のようになり、翔の顔にからみつき、首を絞め、石で造られた翔の頭を割り、引き裂いて、強引に内部へ侵入してくるようになった。

　苦しい。ガジュマルよ、なぜぼくを絞めつけ、ぼくの顔を引き裂こうとするのか。なぜ、なぜ……。

　ガジュマルに引き裂かれる痛みに声をあげて叫びそうになったとき、ビートルズの

『ザ・ロング・アンド・ワインディング・ロード』が、翔の夢を破った。

翔は寝汗をぬぐい、携帯をとりあげた。

「はい」

「竜翔先生、おはようございます！」

摩璃子の声が飛びこんできた。はつらつとした声だった。

「さあ、行きましょう。今日こそは、美織ちゃんをめざめさせてくださいね。朝の十時に、青山神社で待っていますから」

翔は息をついた。さきほどまで見ていた夢がまだ頭のなかに残っていた。ガジュマルの白い太い根が頭のなかにまだ侵入しているような痛みがあった。

「すこし頭痛が……」

翔はつぶやいた。

「頭痛がするんですか？」

「そう」

「そんなの、竜翔先生。外に出て、深呼吸すればなおります。とてもいい天気なんですよ。空が青く晴れわたっていて。世界が祝福されているような、とても気持ちの良い日なんですよ」

「でも……」

「あいにく、デモの予定は、今日はありません」

摩璃子はすっぱりと言った。

「十時に、青山神社ですよ。待っていますからね」

携帯が切れた。翔はうらめしげに携帯を見やった。朝の夢がいかにも不吉だった。なにかいやなことが起きるのではないのか。

翔は右眉を、じりっじりっと、右手の小指でなでた。

しかし、あのガジュマルはなんだったのか。ぼくの頭のなかにしゃにむに入ってこようとした、あのガジュマルは……。


シャワーのあと、洗い立ての、真っ白なシャツを羽織り、ジーンズをはいた。

マンションを出ると、愛車の觔斗雲に乗った。千駄ケ谷駅前の舗道を走り、交番前から、東京体育館の横を通り、国立競技場を過ぎた。さらに絵画館前から、イチョウ並木へと走らせていった。

「たしかに、いい天気だ」

翔はつぶやいた。

「こんな天気の日は、いいことがあるかもしれない」

自分にそう言い聞かせたい気分だった。

「先生、竜翔先生！」

　青山神社の門前で、摩璃子が高い声をあげて、手をふった。翔は愛車で摩璃子のそばまで行った。

「えらいですね、きっかり十時ですよ」

　それから摩璃子は、あっと、声をあげた。

「まあた、裏返しですよ、シャツ」

　翔はシャツの胸元を見た。

「え、そうかな」

　摩璃子は、子供に言うような口調で、言った。

「さ。あの門の脇で、シャツをちゃんと着がえていらっしゃい。おばあさまに笑われますよ」

　べつに、あわてていたわけじゃないのに。どうして、裏返しになったのか。

　ぶつぶつつぶやきながら、翔は青山神社の門の後ろに愛車を止めて、鍵をかけたあと、あたりを見回し、すばやくシャツを表返しに着替えた。

「頭痛は、とれたんですか」

「うん、まあ」

摩璃子は翔の横に並んで歩きながら、顔をのぞきこむようにして、さらにたずねた。

「竜翔先生、なにか、変な夢でもみたんじゃないんですか?」

するどい。そう思いながら、翔は首をふった。

「いや、べつに」

ガジュマルの夢を話すのはためらわれたのだ。

「ちょっと変。竜翔先生、ちょっと変」

「変かい」

「ええ。顔が変。でも、なんだか全身がオーラにつつまれているような、そんな感じがありますよ」

オーラ?

そんなものがぼくにあるのか? いや、あるかもしれないぞ。なにしろ、石像さえ引き裂くガジュマルに殺されそうになったんだからな。

翔の中に、そのとき妙な自信が生まれた。

そこをたすかったんだからな。もしかしたら、そのオーラとやらが、美織をめざめさせる奇跡を起こさせてくれるかもしれないぞ。

いつものように玄関で、さよに迎えられ、美織の部屋へ向かった。

薔薇やダリア、菊などのドライフラワーの香りにつつまれて、美織はしずかに眠っていた。その顔はさらに美しく輝いているようだった。

「竜翔先生、お願いします」

摩璃子が言った。

翔はうなずいた。美織の前の椅子にすわり、長い脚をくんで、結跏趺坐になった。瞑想はしないことにした。どうせ、流しきれないほどに邪念が湧いて、マンゴー、ミカン、メロン、モンブラン、つまりは、ムナシイことになると思ったからだ。

眠る美織を見つめた。やはり、まぶたがＲＥＭ運動をしている。

このまま夢をみさせてはいけない。このままでは、美織は夢みる廃人になってしまう。どんなにここちよい夢であろうとも、夢は夢でしかない。現実に生きてこそ、夢は輝くのだから。翔は腹をくくった。これはぼくの運命なのだ。ふってわいたようなできごとに振りまわされているようだけど、このことには、きっと意味があるはずだ。ぼくはなにものかに試されているのにちがいない。

翔はあらためて美織を見つめた。この眠りからめざめさせるには、ぼくはなにをするべきなのか？　とりあえずは、サード・アイで、美織の夢のなかにはいろう。

翔には予感があった。最初は半信半疑だったサード・アイの力が、いまは自分の真の力となっているような気がしてならなかった。きっと視える。美織の眠りをさます方法がきっと視えてくる。

翔はみずからに言い聞かせて、ひとさし指を美織の眉間の上に伸ばしていった。白い滑らかな肌に触れた。

「りぃぃぃぃぃぃぃぃぃ」

という、高く澄み切った声が聴こえ、そのまま、翔は真っ白な光にみちた世界へはいっていった。

やがて太陽が照らす空間が視えてきた。そこは今朝の夢に見た密林のようだった。密林を歩いていくと、雨のしずくのように、頭に落ちてくるものがあった。

ガジュマルだ。やはり、美織の心の扉はまだ完全にはひらいていなかったのか。おそれたとおり、ガジュマルの蔓はきゅるきゅると翔の首に巻きついてきた。苦しい。翔は手でガジュマルの蔓をふりほどこうとしたが、蔓の力は強く、とれなかった。だめだ。扉をあけることができずに、また眠らされてしまうのか？

そのとき、翔の頭に、もうひとつ、ぽたりと雨のしずくが落ちてきた。しかし、それはガジュマルではなかった。あの小さな赤い蛇だった。

また噛みつかれるのか。

全身にジンマシンが噴き出しかけたとき、蛇が、翔の首を絞めているガジュマルの蔓に噛みついた。

なぜ、あの蛇が？　第一の扉をまもっていたはずのあの蛇が、なぜ？　ジンマシンがすうっとひいていくのを感じながら、翔は思った。もしかしたら、これは美織が、夢のなかでぼくをたすけようとしているのではないのか？

ガジュマルの蔓は、蛇の牙をいやがるように、ぶるっぶるっと、ふるえた。そして、蛇に噛みつかれたまま、翔の首から離れ、するすると空へ逃げていった。

たすかった。翔は息をついた。これで、第二の扉はあいたのかもしれない。

そう思って、密林を歩いていくと、焦げ茶色の遺跡があらわれた。崩れかけた遺跡の門がある。門をくぐると、女神像があらわれた。それはギリシア神話のアフロディテを思わせるような豊満な美神の像だった。台座の上の、背の高い女のひとと同じくらいの高さの女神像に向かって、翔は近づいていった。

あれは、なんだろう？

翔は眼をこらした。女神のくちびるに、なにかが動いているのをみつけたのだ。それはどうやら、なにかの生き物の蛹のようだった。生まれたての蛹のように緑色に光り輝きながら、女神のくちびるの上を動いている。なにかしら天女が降りてきたような、かぐわしい香りがあたりにただよっている。翔はその香りを深々と吸いこんだ。

もしかしたら、あれは、エンジェル・モルフォ蝶の蛹ではないのか？　アンコールワットの女神像に宿ったエンジェル・モルフォ蝶の蛹が、いま、女神のくちびるから出てきたところなのではないのか?

　そのとき、翔はふいに思った。もしかすると、いまぼくがみているのは、美織の夢だけでなく、千年に一度生まれてくるエンジェル・モルフォ蝶が、美織を通して、みている夢かもしれないぞ……。

　翔は眼を閉じて、念じた。

　蛹よ。おまえのみている夢を、ぼくにもみせてくれ。そう念じていると、やがて翔の意識が蛹の夢のなかにはいっていった。

「……」

　女神像のくちびるのうえでうごめいていた蛹は、自分に向かって、なにものかの白い手袋をした手が伸びてくるのを感じた。ふるえる手に、胴をつかまえられた。ちょび髭をした眼鏡の男が、こちらを見て、なにか興奮したようにつぶやいている。そのまま、小さな網箱に入れられた。

　……。

　それから、どのくらい時間が過ぎていったろう。

　男にみまもられ、ガラス張りの温室の蝶のカゴにいれられていた蛹は、ある日、体の奥深くから、つきあげてくるものを感じた。来たのだ、そのときが。蛹は思った。それはいつも自分をみまもっている男がいないときのことだった。

蛹は、みずからの力で、鳥がやわらかな卵の殻をわるようにして、しずかに孵っていった。瑠璃色の濡れた羽をもつ蝶になり、カゴのなかで羽ばたいていると、そのとき、黒い革手袋をした手が、カゴをあけた。蝶はカゴから舞い出た。なぜか、うまいことに温室の扉もあいていて、二重になった部屋の窓もあいている。

蝶は羽ばたき、羽ばたき、温室を出て、部屋から外に出ていった。微風にゆられるようにして、青山墓地をゆらゆら舞っていると、自分を呼んでいるような歌声を聴いた。蝶はその歌声に導かれるようにして、青山神社の境内に飛んでいった。

そこにひとりの少女がいた。晴れやかな紅色の着物をまとった少女が、神社の砂の上に立ち、深呼吸をするように、空を見上げて、澄んだ声で歌っていた。蝶は羽ばたきながら、少女に向かっていった。

――あら。

少女の黒い眼が輝いた。

――なんて綺麗な蝶。

少女はほほえんだ。その声を聴き、蝶は少女のまわりをちろちろと舞ったあと、少女のきゃしゃな左の耳たぶに止まった。

――あ。

少女はつぶやいた。

……

瞬間、翔の心から、蝶の姿が消えた。少女も、神社の境内も、消えた。やがて、天蓋から白いヴェールにおおわれたベッドに横たわって眠っている美織の姿が視えてきた。

そうか。

そこまでの光景を幻視したとき、翔は悟った。

「耳」か。

オートマティスムの不可解な言葉は、これを意味していたのか。

この蝶は、美織の耳に止まって、そこから美織のなかに入っていった。そういうことだったのか。

「わかったぞ」

つぶやいた瞬間、翔は眼が覚めた。はっとして見ると、美織はまだベッドで眠っていた。摩璃子が翔の顔を見て、早口で言った。

「いま、竜翔先生、眼をひらく寸前に、わかったぞって言われませんでしたか？」

「うん」

「じゃあ、なにか、わかったんですね？」

翔は美織を見つめた。

「やはり、エンジェル・モルフォ蝶が美織ちゃんのなかにいるんだよ。そもそものはじまりは、菊村がアンコール・ワットで、女神像のくちびるから出てきたエンジェル・モルフォ蝶の蛹をみつけて、日本に持ち帰ったことからなんだ。青山の蝶部屋で飼われていた蛹は、菊村がパリにいて留守のときに、蝶として孵り、外に飛び出した。そして青山神社にいた美織ちゃんの耳に止まったんだ。そのときから、美織ちゃんが眠りはじめたんだよ」

見ると、美織のきゃしゃな耳たぶが薄い青に染まっているような気がした。

「やっぱり、エンジェル・モルフォ蝶なんですね、原因は。じゃあ、その夢の蝶を美織ちゃんの中から出してやってくださいよ、竜翔先生。お願いします」

摩璃子は両手を合わせて言った。

翔はとまどった。どうすればエンジェル・モルフォ蝶を美織の中から出してやることができるのか、方法がわからなかったのだ。

「ねえ、竜翔先生。いま終わったばかりですけど、『サード・アイ』をもう一度、ためしてみたら、どうでしょう。きっとなにか方法がみつかるかもしれませんよ」

翔はため息をついた。

「それしかないかな」

「そうですよ。不思議探偵ジュリアンの十八の得意技で、いまのところ、先生が美織ちゃんにとって有効に使える技は、サード・アイだけなんですから」

その言い方は、ちょっと失礼ではないのか。そう思いながらも、翔は納得した。どうすればよいのか、わからないけれど、とにかく、それしかないのだから、やってみるしかない。

翔は背筋をぴんと伸ばした。

眠りの謎がはっきりと解けたんだから、きっとめざめさせる方法もみつかるはずだ。よし、この四度めのサード・アイが最後の決定的なものになる。自分の力を信じよう。ぼくには力があるから、今度こそ、美織ちゃんをめざめさせるぞ。

翔は、ひとさし指を美織の第三の眼に近づけていった。


そこは、美織の部屋だった。ドライフラワーが壁中に吊るされて、独特な香りをはなっている。そして、翔と美織以外には、だれもいなかった。翔は美織を見つめた。やはり、みずきに似ている。二十歳のときにゆくえ知れずになったみずきが、十三歳のころに戻って、いまここにいる。そんな錯覚を抱いてしまいそうだった。

瞬間、はっとして、翔は耳をそばだてた。なにか、微細なものたちがざわめいているような、うごめいているような音がするのだ。聞き耳をたてていると、それはどうやら、美織の体の中から聴こえてくるようだった。

どうして美織の体から、ざわめきが聴こえてくるのか？

翔の胸を戦慄が走った。

もしや、と思ったとたん、美織のくちびるから、きらきらと瑠璃色の光をはなちながら、一匹の蝶があらわれた。蝶は、この世に出られたことをよろこぶように、うれしそうに羽ばたき、中空に飛んだ。

だが、蝶はその一匹だけでは終わらなかった。さらに美織の耳から一匹、鼻腔から一匹と、瑠璃色の蝶が、つぎつぎに羽ばたき出てきたのだ。

まさか！

そのときだった。

美織の全身から、その体を養分にして、はぐくまれた瑠璃色の蝶が、いっせいに数えきれないほど飛び出してきたのだ。

これか、カタストロフィとは！　もしも、これらの無数の蝶がちらばって、ひとびとに眠りをもたらしたなら！

翔はぞっとした。

瑠璃色の蝶が飛び出ていったあとの美織の体が、まるでドライフラワーのようにひからび、しおれていったのだ。

だめだっ！

翔は眼を閉じて、念じた。

こんなことが起きてはいけない。これは夢だ。まだ現実にはなっていない夢だ。まだエンジェル・モルフォ蝶は、美織の体の中で繁殖してはいないはずだ。まだ一匹、棲んでいるだけだ。

翔は、夢が変わるように、念じた。

——夢よ、場所を移せ！

翔は必死で念じた。

——夢よ、移れ！　ここではなく、アンコールワットに移れ！

りぃぃぃぃぃぃぃぃぃぃぃと蝉が啼きはじめた。

翔は、眼をみひらいた。そこは美織の部屋ではなかった。密林と遺跡の地だった。しめた、夢の場所が移ったぞ。

翔は急いで歩きだした。どれほど歩いたか、密林におおわれた遺跡に、ひとり美織がたたずんでいた。白い寝着をまとった美織は、なにかうれしい夢をみているようにほほえみを浮かべ、眼を閉じている。近づいていくと、美織のまぶたがＲＥＭ運動をしていた。

夢のなかで、さらに夢をみているのだ。夢のまた夢か。しかし、どうすれば、美織の眠りをさますことができるのだろう。よく考えろ。美織の耳たぶにとまった蝶は、いまどこにいるのか?

翔はゆっくりと美織に近づいていった。眠りながら立っている美織の左の耳たぶに、翔は眼を止めた。

もしかしたら。翔の脳裡にひらめくものがあった。この耳たぶに触ればいいのではないのか。オートマティスムの言葉は、それを意味していたのではないのか。

耳たぶに触れ。そして、念じよ、と。

翔は息をしずめて、そろそろと、ひとさし指を伸ばしていった。もうすぐだ。もうすぐ、あの蝶が止まった耳たぶに触れる。指が、美織の白い耳たぶに触れた。

――めざめよ、エンジェル・モルフォ蝶。

翔は渾身の力で念じた。

――美織から離れよ。そなたが行くべきところへ、飛んで行け。

すると、まるで翔の思いが通じたかのように、眼を閉じている美織がかすかにくちびるをひらいた。翔はさらに力をこめて念じた。

――エンジェル・モルフォ蝶よ、美織の眠りから、離れよ。

あっ。

翔は息をのんだ。美織の口から、一匹の美しい蝶があらわれたのだ。蝶は瑠璃色に発光している羽をひろげていった。

この蝶だ。千年に一度生まれるというこの蝶が、美織の夢のなかに棲んでいたのだ。

翔がみまもっていると、蝶は、まるで別れを告げるように、美織の顔のまわりをちろちろと舞ったあと、りぃぃぃぃと、蝉が啼いている青い空へ舞い上がった。

やがて、蝉の声が竪琴の調べに変わった。

まるであのギリシア神話のオルフェウスが奏でているような、哀しみにみちた調べだった。その調べに乗って、優美に舞いながら、蝶はいつしか蒼穹《そうきゅう》に消えていった。


とたん、摩璃子の声がした。

「あっ、美織ちゃんがめざめた」

瞬間、翔も眼をさました。まぶたをひらいた美織は、ぱっちりと眼をみひらき、翔を見つめた。それはかぎりなく美しい眼だった。その瞳は、あの蝶と同じ、瑠璃色に輝いていたのである。

「あっ、美織ちゃんの眼が変わっている」

摩璃子がさけんだ。

「黒い眼から、青い眼に！」

「わたしは……」

美織は瑠璃色の眼でまばたき、まばたきしながら、まわりを見やった。それから、いぶかしそうに、翔を見つめた。

「あなたは？」

翔は美織をみつめて、うなずいた。

「ぼくは、竜造寺翔という小説家で、摩璃子さんにたのまれて、君の眠りをみまもっていたんだよ」

美織が翔を見つめて、つぶやいた。

「わたし、あなたに、どこかでお会いしたような気が……」

そのとき、摩璃子が感激したように言った。

「美織ちゃん、めざめたのね。ほんとうによかったわ」

「摩璃子姉さん」

美織は上体を起こして、摩璃子を見やり、ついで翔を見た。それから細い首をかしげて、つぶやいた。

「なにをしていたのかしら、わたしは」

摩璃子が美織の手をとった。

「美織ちゃんはね……」

しかし、そのあと摩璃子はしゃくりあげて、言葉をつまらせてしまった。

「教えてください」

美織が澄んだ声で翔にたずねた。

「わたしは、なにをしていたのでしょう?」

翔はあらためて、美織の美しい瑠璃色の瞳を見つめた。その瞳の奥に、はじめて『サード・アイ』をしたときに視た、十三歳のみずきが鳥になって大空を飛んでいる光景が映っているようだった。

「君はね、ひとが一生かかってみるほどの、永い、永い夢をみていたんだよ……」

翔はしずかに言った。

「ひとが、一生かかってみるほどの永い夢……。それを、わたしは、みていたんですか?」

美織が真剣な表情でたずねた。

「そう。誰もがめったにみることのない、永い、永い夢さ」

「誰もがめったにみることのない夢……」

「そうだよ」

「竜造寺さんは、みないんですか、そんな夢」

翔はしばらく考えてから、ゆっくりと言った。

「マンダリン、むきリンゴ、目玉焼き、もなか、だな」

美織は瑠璃色の眼をみはった。

「マンダリン、むきリンゴ、目玉焼き、もなか……。もしかして、それらをわたしに食べなさいと、言われているんですか？」

「いや、そうじゃない。マンダリンのマ、むきリンゴのム、目玉焼きのメ、もなかのモ。つまり、マ、ム、メ、モ、なんだよ。これって、なにかが欠けているよね。なにが欠けている？」

摩璃子が泣き笑いながら言った。

「竜翔先生。こんなときまで、謎々遊びしなくても……」

「マ、ム、メ、モ……」

美織は首をかしげて、一言一言、小さくつぶやいた。

「もしも、マミムメモなら、ミがないわ」

「正解」

翔はうなずいた。

「そう。ミがないんだよ。だから、みない。そんな永い、永い夢は、みないんだよ、ぼくは。ほんとはぼくだって、人の一生は夢の織物だと、シェイクスピアが言ったような、永い、永い夢をみたいけどね。でも、そのときそのときの、短い、はかない夢しかみないんだよ。残念ながらね……」

第一話　了

■主な登場人物

竜造寺翔　千駄ヶ谷のミステリー・ファンタジー作家、通称「竜翔」
森アラン摩璃子　お嬢様女子大出の二十四歳のかけだし編集者
宮本孝正　国会裏図書館の司書。竜造寺の同級生
黒羽リー　魔人クロウリーの末裔。魔界のスポークスマン。大魔王ルシフェルの使い。
花輪美織　青山神社のひとり娘。霊感少女
花輪さよ　青山神社の女宮司で、美織の祖母。霊能力者
緑川みずき　竜造寺の初恋の相手
澁澤由紀夫　マンドラゴラ伯爵の異名をもつ、神秘コレクター
白石すず　自殺した女優

第二話　堕天使ナイト・ドッグ

一　ひとさし指の受難

　おや、ゴールデン・ファイブが休んでいるぞ。

　八王子の聖泉女子大で非常勤講師として担当している小説講座の教室にはいったとき、竜造寺翔は思った。翔がゴールデン・ファイブと呼んでいる五人の女子学生たちが、いつもの最前列にすわっていなかったのだ。彼女たちはコスプレ大好きで、五人全員がそろって金髪に染めていた。

　まだ、夏休みじゃないのに、自主休講か。

「ええっと、出席をとる」

　アイウエオ順に、学生たちの名前をひとりずつ、ゆっくりと呼びながら、翔は耳をすませた。うしろの学生たちがひそひそと話しているのだ。

　あいつら、なにを話しているんだ？

　翔は、集中すれば特別な聴覚を働かせることができた。聴こうと思う対象に焦点をしぼると、かなり遠くの声が聴き分けられたのだ。

「あのね、彼女たち、噛まれたんですって」

「噛まれたって、なんに？」

「犬よ」

「うそっ、そんなの、あり？　超こわいっ」

「ありなのよ。みんな真っ黒な犬に噛まれて、欠席しているのよ」

「同じ犬に？」

「さあ」

「でも、五人も噛まれたって、変じゃない？」

「変よ。でも、らしいのよ」

そうしたひそひそ話を耳にしながら、翔はその話の信憑性《しんぴょう》をうたがっていた。犬に噛まれたって？　まさか、五人も、犬に噛まれるなんて、そんなことが起こるのだろうか？　もしかして、いっしょにいるところを襲われたのだろうか？

翔は、それらの顚末《てんまつ》をくわしく聞きたかったが、出席をとってしまうと、うしろの学生たちがひそひそ話をやめた。

なんだよ、ちゃんと情報、よこせよ。

そう思ったが、結局、そのあとのことは聞けないままに終わった。

午前中の授業が終わった。

帰りの中央線の電車の中で、翔はつぶやいた。

「真っ黒な犬か」

翔は想像してみた。

シャーロック・ホームズに、「バスカヴィル家の犬」という、恐ろしい犬が出てくるな。けれど、金髪娘を五人も噛むとは、どんな犬なんだ。

そのとき、車内広告のディスプレーに、今日の星座占いが映った。

——あなたの運命は？

おひつじ座のあなたは、おうし座のあなたは、ふたご座のあなたは……。

いつもは無視するそのディスプレーを、翔はなぜか見やった。

——さそり座のあなたは、今日、大忙しです。つぎからつぎへと、いろんなことが起きるでしょう。

大忙しか。

翔はつぶやいた。

つぎからつぎへと、いろんなことがね。

新宿駅で総武線に乗り換え、千駄ケ谷駅で降りた。千駄ヶ谷のマンションにもどったのは、午後一時ごろだった。

ランチは、御苑で食べるか。

翔は湯を沸かし、宮本からわけてもらったアラビアコーヒーを淹れた。ポットにそそぎこんだあと、大量の砂糖を入れた。長いバゲットを、ナイフで横に裂いた。冷蔵庫から生ハム、チーズ、レタスをとりだした。バゲットに、レタス、チーズ、生ハムをたっぷりはさんで、ラップした。

よし、これでいいぞ。

黒いトートバッグに、バゲットとコーヒーポットを入れると、部屋を出た。エレベーターを降り、電動ママチャリの愛車觔斗雲に乗って、新宿御苑に行った。御苑は初夏の緑がまぶしく輝いていた。

さあ、ランチだ。

いつもの定位置である、三本のアメリカン・プラタナスの中間地点の草原に、あぐらをかいてすわった。

熱いコーヒーを、カップがわりの蓋にそそいだ。一口、コーヒーを飲んだ。

「うん、じゅうぶんに甘い」

ラップをはがして、生ハム入りのバゲットを、頭からかじろうとしたときだった。

ジーンズのポケットで、ビートルズの『ザ・ロング・アンド・ワインディング・ロード』が流れたのだ。

「はい、どなた」

携帯を耳に当てると、高い声がした。

「竜翔先生、とっても大変なんです」

摩璃子か。

おなじみの、タッタッタッと軽快に走る音も、聴こえてくる。

また、走りながら携帯かけているな。それって、交通違反じゃないのか。

翔は思いながら、たずねた。

「なにが？」

「指ですよ、指」

「指？」

「ひ、と、さ、し、指ですよ」

摩璃子はリズムをつけて言った。翔は頭をひねった。

「ひとさし指？」

摩璃子が息せき切って、今度は早口に言った。

「とにかくお会いしてから、くわしく話します。竜翔先生は女子大の講座が終わられたんでしょ。いま、どちらにいらっしゃるんですか」

翔は、生ハムの入ったバゲットをうらめしそうに見やった。

また、半分とられるのか。

そう思いながら、摩璃子に言った。

「いまぼくは御苑で、ランチをとろうとしているけど」

「あたった！」

摩璃子がタッタッタッタッと走りながら、叫んだ。

「わたしのカンが、ぴったりあたりましたね。竜翔先生はきっと御苑にいるだろう。そう思って、たったいま、そちらに向かっているんですよ。あと三分後に、そこに着きますから」

「え、いまどこにいるって？」

「国立競技場前です。あと、二分五十秒後に着きます」

摩璃子の携帯が切れた。

国立競技場の前だって？

翔は思わず、腕時計を見た。

あと、二分五十秒だって？　いくら陸上競技選手の聖地の前にいるからって、そんなタイムで、ここまで走ってこられるかな。

それから、ふたたびうらめしげに、バゲットを見やった。

しょうがない。

翔はそれを半分に折った。

しかし、なにが大変なんだ？　ひとさし指がどうしたっていうんだ。

いぶかしく思いながら、コーヒーを飲みつつ、半分のバゲットを、ちびりちびりとかじっていると、摩璃子が新宿御苑の千駄ヶ谷門を通って、疾走しながら、草原にあらわれた。いつもの赤い四角い鞄を小脇にかかえ、紺色のミニスカートに、銀色のスニーカーをはいている。

翔は腕時計を見た。

二分と、四十五、四十六、四十七、四十八、四十九、五十秒。

ぴたりと正確に、摩璃子は翔の前に到着した。

もしかして、体内時計でもそなえているのか？

翔は思った。

いや、この場合、体内時計とは言わないな。予告時計、ちがう、あてずっぽうがあたる時計。これもちがうな。ええっと、なんというべきか……。

「また、シートも敷かないで」

摩璃子が、母親が子供を叱るように言った。

「竜翔先生、まあた、じかに、草むらにすわっていらっしゃるんですか。百円ショップで、シートを売っているでしょう。あれ、買えばいいのに」

翔の横に、摩璃子はすわった。紺色のミニスカートから白い膝小僧がのぞいた。

「食べるよね」

翔は半分のバゲットをさしだした。

「食べますとも。あっ、今回は豪勢に、生ハム、チーズにレタス入りじゃないですか。いただきます」

摩璃子はそれを受け取ると、さっそく口を大きくあけて、白い歯で豪快にかじりはじめた。食べながら、言った。

「だから、なにが大変なんですよ」

「今度のも、竜翔先生にぴったりの事件なんです。これを、どんぴしゃり、解決すれば、きっと、グッドアイディアの作品が生まれると思いますよ」

摩璃子はおそろしい速さでバゲットをかじりながら、言った。

翔は苦笑した。

「また、大変な事件にかかわらなくちゃいけないのかい。いいかい、ぼくは不思議探偵ジュリアンじゃないんだよ」

摩璃子は漆黒のストレートヘアーを、さっと横に振った。

「そんなこと、言ってられないんですよ、竜翔先生」

「言ってられないって、なんで？」

「今回のことは、どうあっても、竜翔先生が、かかわらなくてはいけないんですよ」

「だから、なんで？」

「だって、変な女が、竜翔先生のことを言ったんですよ」

摩璃子の言葉が、翔にはよく理解できなかった。

「変な女が？　ぼくのことを言った？」

「そうですよ。竜翔先生、変なことしませんでしたか？」

摩璃子の眼が、とがめるように光った。

「しないよ、変なことなんか」

「胸に手をあてて、誓えますか」

「誓えるさ。そもそも、その変な女って、誰なんだよ」

摩璃子は生ハムバゲットの最後のかけらを、おいしそうに、ごくんと呑みこんでしまうと、白いハンカチで口元をぬぐい、それから言った。

「よっく聞いてくださいよ、竜翔先生」

「うん」

「わたし、さっきまで、大学の同級生の親友のところにいたんです。篠原まゆみというんですけど、裏原宿のマンションにひとり住まいで、アパレル業界につとめているんです」

翔はバゲットをかじりながら聞いた。

なになに、裏原宿の親友がどうしたというんだ？　それが、変な女なのか？　ぜんたい、ぼくに、なんの関係があるんだ。

摩璃子は話し始めた。

「今朝、まゆみが泣きながら、どうしても来てくれって、電話してきたんです。まゆみのマンションに行ったら、顔を泣き腫らして、わたしに見せてくれたんです、右手を」

「右手を？」

「ええ。びっくりしました。ひとさし指が綺麗になくなっていたんです」

翔はバゲットから口を離した。

「ひとさし指が、綺麗に？」

摩璃子は話をつづけた。

「それが、なんだか変なんです。そこにあるべき指が、ほんとうに、綺麗になくなっていて。まるで、ぷっつりと虚空に消えてしまったみたいに」

「虚空に？」

「そう、なんだか、どういうんでしょう。ひとさし指だけが別次元に消失したみたいなんですよ。切れたところは新しい皮膚がすでにおおっていて」

「新しい皮膚が？」

翔はその様を想像した。

「まゆみは泣きながら、右手を見せて、言うんです。ここ、とっても痛いの。なくなっている指の先が痛いの」

「ない指先が、痛むのか……」

翔はつぶやいた。

「いったい、どうしたのよ、ひとさし指。わたし、たずねたんです。すると、まゆみが言うには、昨夜遅く、パーティー帰りに、表参道のケヤキ並木を歩いていたら、まるでファッション雑誌からぬけだしてきたような、シャネルのドレスをまとった美女が、しゃなりしゃなりと、ランウェイを歩くみたいにして、やって来たんですって。その女は夜目にも真っ赤な髪をしていて、ドーベルマンのような、黒い犬を連れていたんですって」

「美女と野獣か」

「そうなんですよ。怖そうな犬なので、まゆみが道の端に寄ろうとしたら、突然、女が、ほら、アラブの女のひとたちが、巻き舌をころがして、ルルルッて、独特な声を出すでしょう。それをしたんですって。すると、黒い犬がうなり声をあげて、飛びかかってきたんですって」

「えっ」

翔は、思わずバゲットを手から落とした。

ぼけっとして聞いていたけれど、なに、なに、黒い犬が飛びかかってきた？　それって、もしかしたら、ぼくの教え子、ゴールデン・ファイブを襲ったと同じ犬じゃないのか？

「だめでしょ、子供みたいに、落としたら」

摩璃子は草の上に落ちたバゲットを拾い、ぱっ、ぱっと、手ではらうと、翔のひざに置いた。

「ま、蟻《あり》はついてないようですけど」

翔は無意識につぶやいた。

「ア、リ、がとう」

「どんなときでも、だじゃれですか」

「いや、そんなつもりじゃないよ」

「とにかく、犬に襲われ、まゆみは逃げようとしたんですけど、足がふるえて動けなかったんですって。あっ、顔を噛まれるって、まゆみがとっさに手をあげたら、犬はまゆみの右手のひとさし指に噛みついたんです」

「ひとさし指に……」

さっきの電話で、摩璃子はそのことを言っていたのか。

ひとさし指が、大変だって。

「ええ、がぶっとくわえて、くいちぎったんですって。でも、変なことに、くいちぎられたあとからは、血も出なかったんです。ただ、すぱっと刃で断ち落とされたみたいになって。痛い、痛いって、まゆみが泣きながらうずくまると、女がルルルッて、喉を鳴らし、その声を合図に、犬は女のそばに駆けもどったらしいんです」

摩璃子は憤慨《ふんがい》したように言った。

「ひどいでしょう、竜翔先生。その女、ペットの不始末をあやまるどころか、泣いているまゆみに向かって、しゃあしゃあと、こう言ったんですって。いいこと、警察に行ったりしたら、指はもどらないわよ」

指はもどらない?

もどるものなのか、くいちぎられた指が?

摩璃子はさらにつづけた。

「ナイト・ドッグがくわえたあなたの指を、元のようにもどしたかったら、竜造寺翔にたのみなさいって」

「えっ？」

翔はおどろいて、またもや、思わずバゲットを落とした。

「ぼくに、たのめって？」

摩璃子はふたたび、すばやくバゲットをひろって、ぱっ、ぱっと手ではらい、翔のひざに置いた。

「なんですか。いちいち、びっくりした子供みたいに、ものを落として。でも、今度も、蟻なしです」

「ア、リ、なしか」

「ええ、じゅうぶん、食べられます」

それから、摩璃子は言った。

「変でしょう、その女。竜翔先生の名前を出すなんて」

「うん。変だ」

「ほんとに、その女に恨まれるようなこと、しませんでしたか、竜翔先生？」

「サンドイッチ、すし、せんべい、ソーセージだよ」

「なんですか、それ。また、こんなときに、いつものナイナイ遊びですか」

摩璃子があきれたように言った。

「サスセソ、だろ。シがないから、しない。しないよ、ぼくは。そんな恨まれるようなこと、しないって。だいいち、その女のこと、知らないし」

「ですよね」

摩璃子はうなずいて言った。

「女が犬を連れてケヤキ並木を去ったあと、まゆみは泣きながら、マンションにもどり、竜翔先生の担当をしているわたしのことを思いだして、電話してきたんです」

翔は腕組みをした。

「ナイト・ドッグというのか、その犬は」

摩璃子はうなずいた。

「その女はそう呼んだらしいんです。でも、なんか怖いですよね、ナイト・ドッグなんて。夜の犬って、ことですよね」

翔は考えこんだ。

しかし、その赤毛の女は何者なんだ？　元のようにもどしたかったら、ぼくにたのめって、どういう意味なんだ？

摩璃子が言った。

「ねえ、竜翔先生。いったい、その女、何者なんでしょう？　女が連れていたナイト・ドッグって、そもそも何犬なんでしょう？　それに、指をもどしたかったら、竜翔先生にたのめって、どういうことなんでしょう？　犬がくいちぎった指が元のようにもどるなんて、そんなこと、あるんでしょうか?」

摩璃子が、矢継ぎばやに放ってくる、「?・マーク」に、翔は返答に詰まった。

わからんぞ、まったく。

「竜翔先生は、その女や犬に、ほんとうに心当たり、ありませんか?」

「いや、ない」

もしかしたら、ぼくの教え子、ゴールデン・ファイブも、指を噛まれたんじゃないのか?　まゆみという子と同じように、すぱっと、ひとさし指だけが、別次元に消えたみたいになっているんじゃないのか?

翔はしばらく考えてから、ふっと頭に浮かんだことをたずねた。

「その、君の親友のまゆみって子は、髪を金色に染めていやしないかい」

ひょっとしたら、犠牲者の共通点は、金髪ではないのか?

そんな推理が突然浮かんだのだ。

摩璃子はうなずいた。

「そうですよ。ひまわりみたいな、黄金色です。でも、どうして、竜翔先生はごぞんじなんですか?　もしかして、わたしの携帯に写っているまゆみを見たんでしょ。でも、いつのまに、そんな……」

翔は首をふった。

「そんなこと、しないよ」

「ほんとに?」

「しない、しない」

言いながら、翔は思った。

やはり、そうか。その真っ黒な犬は、金髪の若い女性ばかり、襲っているのかもしれないぞ。しかも、おそらく、ひとさし指ばかり。

摩璃子が言った。

「でも、ナイト・ドッグって、怖いですよね。いきなり飛びかかってくるなんて、怖すぎますよね」

それから、きらきらと輝く大きな眼で翔を見つめて、言った。

「でも、でも、その変な女のご指名なんですから、今回の事件は、どうあっても、竜翔先生が解決しなくちゃいけないんですよ」

摩璃子は赤い鞄から、わざわざラミネート加工したらしい『不思議探偵ジュリアン』の得意技十八番の一覧表を取り出した。

一番、アストラル・トリップ。

二番、超気功波。

三番、オートマティスム。

四番、サード・アイ。

五番、霊的治療（ヒーリング）。

六番、サイコメトリー。

七番、ＨＳＰ（高次元感覚的知覚）。

八番、テレキネシス。

九番、バード・アイ。

十番、暗視。

十一番、自己催眠……。


翔はちらっと、一覧表を見やった。

また、十八番か。これって、あくまでも、ぼくの勝手な想像力の産物なのに……。

しかし、そんな翔の気持ちにはいっこうにかまわず、摩璃子は言った。

「ええっと、こないだの美織ちゃんの眠りは、この四番目の『サード・アイ』で解決しましたから、今回の事件は、このうちのどれを使うことになるんでしょうね……」

翔がどう答えていいのか、わからずにいると、摩璃子が言った。

「この一覧表の、九番目にある『バード・アイ』というのは、どうでしょう。『サード・アイ』につづいて、『バード・アイ』。うん、いいですね。語呂もいいし。これで、ナイト・ドッグの正体が見抜けるんじゃありませんか」

　翔は苦笑した。

「バード・アイ」は、そのまま「鳥の眼」だった。二十世紀の先鋭的な思想家、コリン・ウィルソンがよく使う言葉で、「虫の眼」に対比する言葉だった。

――ほとんどのひとは地を這うウジ虫のような、「虫の眼」で生きているために、先が見通せず、苦しみ悩むことになりがちである。しかし、いったん空高く飛ぶ鷹のような「鳥の眼」を持てば、世界は一変する。はるか高みから現実世界を鳥瞰《ちょうかん》すれば、つまらないことで、くよくよ苦しむことはなくなる……。

　コリン・ウィルソンは、多くの著作で、そういった論旨をしばしば述べているが、翔は、それにヒントを得て、不思議探偵ジュリアンに、しばしば「バード・アイ」を駆使させて、不可解な難事件の構造を解き明かしていたのだ。

　それに、翔は「バード・アイ」に対しては、深い思い入れがあった。というのも、翔は「就眠儀式」として、幼いころより、それを活用していたからだった。

　眠れないとき、翔は眼を閉じて、自分が翼をもった者のようになり、高みから地上の光景を見下ろすということを、実際におこなっていたのだ。

たいていは、フィヨルドのような、ぎざぎざの海岸をもつ青い湾を見下ろしながら、ひたすら飛んで行くのである。つぎつぎと変わっていく眼下の光景を幻視しながら、ひたすら飛んで行くと、そのうちに脳裡が暗くなってきて、シャッターが降りるように、眠りに落ちる。そんな就眠儀式をおこなっていたのだ。

だから、翔にとっては、それはあくまでも日常的な行為だった。それを、さも不思議な心霊パワーのようにしたてあげて、「バード・アイ」と名付け、ジュリアンの得意技のひとつにしたのだ。

むろん、摩璃子はそんなことを知るよしもなかった。

無理だよ、バード・アイで解決なんか、とうていできないよ。

そう思っていると、摩璃子が一覧表をにらんで、つぶやいた。

「それとも、この七番目の、ＨＳＰ（高次元感覚的知覚）を使えば、あの犬の正体がわかるかもしれませんね……」

翔は言った。

「とにかく、知恵袋に相談してみるよ」

摩璃子は眼を輝かせて言った。

「国会裏図書館の、宮本こうせいさんですか？」

「うん。まずは、そのナイト・ドッグとやらの正体を知りたいからね」

翔がうなずくと、摩璃子が言った。

「わたしも、そのかたにお会いしたいな。国会裏図書館のぬし。なんか、素敵ですよね。きっと、黒ずくめのダンディさんなんでしょう？　ちょっと、メフィストフェレスっぽくて。ねえ、わたしに会わせてくださいよ、竜翔先生」

まるで夢見る乙女のような口ぶりで、摩璃子は言った。

黒ずくめのダンディさん？　メフィストフェレスっぽい？　ちがうな。

背中を丸めて、ざるそばをずるずると食べている宮本の姿を思いながら、翔は、摩璃子の幻想をこわさないように言った。

「まあ、そんなところかな。君がどうしても会いたいというのなら、会わせてもいいけれど、でも……」

「でも、なんですか？」

「いや、やつは君の思うような……」

そのとき、摩璃子の携帯が鳴った。

「はい。ええ、わかりました。すぐ行きます」

摩璃子は携帯を切った。

「竜翔先生、小此木先生の校正刷りで問題が発生したみたいなんです。すみません。

わたし、急いで会社にもどりますから、裏図書館のメフィストフェレスとの顔合わせは、今度ということにしてください」

そう言うと、摩璃子は立ち上がった。

紺のミニスカートについた草片を、ぱっぱっとはらってから、翔にお辞儀をすると、赤い鞄を小脇にかかえて走り出した。

「元気だ、ほんとに」

御苑の千駄ヶ谷門から、タッタッタッタッと走って出ていく摩璃子を見やって、翔は苦笑した。

「あんなに走って、よく転ばないものだ」

二　天使ケルビム

国会裏図書館は、初夏のまぶしい日差しの中に、素朴な民家のようなたたずまいで立っていた。

いつものように、立てつけの悪い扉を、なんとか力ずくでこじ開けると、古い書物や書類の黴臭い臭いが鼻についた。うずたかく積まれた古書がいまにもくずれてきそうな、狭い通路を、翔は奥の方へ入っていった。

宮本は、紫檀の円卓の前にすわり、遅い昼ご飯らしい、宅配のばらちらし弁当を食べていた。

あれ。千寿庵のざるそばじゃないのか。メフィストフェレスの遅めの昼食は、今日は趣向を変えて、ばらちらしか。

「やあ、どうした」

宮本が顔をあげて、たずねた。

「うん、ちょっと」

「玉露のお茶でも、飲むかい？」

翔は首をふった。

「いや、いらない」

「じゃあ、コーヒーか？　砂糖なしだけど」

「それも、いらない」

「なにか、あったのか？」

「うん。こうせいに、ぜひとも相談したいことがあって」

「なんだい、相談って」

「犬だよ」

「犬？」

宮本は言った。

「じゃあ、ペットでも飼おうっていうのか？」

「ちがう。ペットじゃない。真っ黒な、ドーベルマンみたいな、獰猛な犬さ。それに、赤毛の美女」

「なんだ、それ。真っ黒な犬に、赤毛の美女って？」

「じつは、ぼくの女子大の教え子たち五人が、黒い犬に噛まれたらしいんだよ」

「黒い犬に？　五人も？」

「うん」

「いっぺんに噛まれたのか」

「いや、いっぺんなのか、別々なのか、そのへんはよくわからないけど。その子らは、ぼくがゴールデン・ファイブと呼んでいる、コスプレ大好きの子たちで、全員、金髪に染めているんだよ」

「金髪コスプレ女子が、犬に噛まれたというんだな。で、赤毛の美女というのは、何なんだよ」

翔はうなずいた。

「噛まれたのは、教え子だけじゃないんだ。ぼくの担当編集者の友だちの子が、昨夜遅く、表参道のケヤキ並木で、赤毛の、ばりばりのシャネラー美女に連れられた、真っ黒な犬に襲われたんだよ」

「同じ犬に？」

「と、思うんだけど。ともかく、その子は、ひとさし指を食いちぎられたらしい」

「ひとさし指を？」

「うん。そのとき、女が言ったらしいんだ。ナイト・ドッグがくわえた指を元通りもどしてほしかったら、ぼく、竜造寺翔にたのめって」

宮本は箸を置き、お茶をすすってから、言った。

「おまえ、その美女と知り合いなのか?」

翔は首を振った。

「知らないよ、そんな女」

「ほんとうに?　どっかで、悪さ、しなかったか?」

サンドイッチ、すし、せんべいと言いかけて、さすがに、翔はそれを言葉にすることはしなかった。

「しない、しないって。そんな女、まったく、ぼくは知らないよ」

そう言ってから、翔はあらためてたずねた。

「この事件、こうせいは、どう思う?」

「しかし、くいちぎられた指が元通りもどるというのも、妙だな」

「でも、そう言ったらしいんだ」

「いずれにせよ、金髪の若い女のひとさし指をくいちぎる、ナイト・ドッグか。ちょっとした猟奇事件だな。赤毛の美女が連れていたというんだな……」

宮本はつぶやいた。

「こうせいなら、その犬のことがわかるんじゃないか」

宮本は、みずからの優秀な頭脳をまさぐるように、秀でたひたいを、指でなでさすりながら言った。

「あれかなあ、それは」

「あれって？」

「そいつはたしか、旧約聖書偽典《ぎてん》の三巻めに、数行書いてあったような気がするなあ……。昔、下級天使のケルビムが、神にそむいて、ルシファーたちと地上に堕《お》ちたとき、まちがって、山犬の腹にはいってしまった。それが、ナイト・ドッグだと」

「天使のケルビムが、恐ろしいナイト・ドッグになったというのか」

「じゃあ、ないのかなあ……」

宮本はうなずいて立ち上がろうとして、腰をおさえた。

「うっ」

「どうしたんだよ」

「ぎっくり腰さ」

宮本は口をとがらせ、ふうふうと、腰をなでながら言った。

「ちゃんとした文献で調べたいけれど、昨日ぎっくり腰を起こしてね。書棚を探すのは、ちょっと、しんどいんだよ」

翔は首をふった。

「いいよ、無理しなくても。とりあえず、そいつが何物なのか、わかったから。要するに、そいつは元天使のケルビムだというんだろ？」

「みたいな気がする」

「堕天使ケルビムが、山犬の腹にはいって、出てきたのが、ナイト・ドッグなんだな」

「と、いう気がするけれど」

翔はつぶやいた。

「しかしだよ、なぜ、ナイト・ドッグは、金髪の若い女の指をくいちぎったんだろう？」

宮本は首をかしげた。

「さあてね、でも、おれは、金髪はあんまり関係ないように思うけどね」

それから、宮本はつぶやいた。

「もしかしたら、だよ……。わからないけれど、あくまでもおれの考えだよ、これは。もしかしたら、ひとさし指は、古来、天の神を指すのに使われてきたから、なのかもしれないね」

「天の神を指す？」

「うむ。レオナルド・ダ・ヴィンチが描いた『洗礼者聖ヨハネ』が、ひとさし指で、なにか言いたげに、天を指しているだろう。あれさ。地に墜ちた者たちは、やはり、天上が懐かしいのかもしれない」

いくら天上が懐かしいからって、そんな、見知らぬ人間の、しかも若い女のひとさし指が欲しいものだろうか？

「きちんと調べられなくて、すまん。すこしぎっくり腰が治まったら、調べとくよ」

宮本は言った。

「いや、こうせいが謝ることはないよ」

そう言いながら、なぜナイト・ドッグがひとさし指をくいちぎるのか、宮本の解釈に、翔は釈然としないものを感じた。

ほかに、なにか理由があるんじゃないのか。

「じゃあ、ナイト・ドッグを連れていた赤毛の美女は、何者なんだろう？　そいつの正体はわかるかい」

「いや」

宮本は空の茶碗をくるっと回して、つぶやいた。

「わからないな。その女が、なぜ、おまえを指名したのかもわからない」

「そうか。メフィストフェレスにも、わからないか」

「なんだい、メフィストフェレスって」

宮本は真顔でたずねた。

「もしかして、それ、おれのことかい？」

翔はくすりと笑った。

「まあまあ、こうせいにも、隠れファンがいるってことさ」

三　美女と野獣

裏図書館を出ると、翔は愛車觔斗雲に乗って、千駄ヶ谷方面に向かった。青山通りを横切って、表参道のケヤキ並木に入った。

昨夜、ここで、まゆみは襲われたのか。

そう思ってママチャリを漕いでいると、ケヤキ並木の真ん中ほどにさしかかったときだった。

あっ。

翔は息をのんだ。

神宮外苑の方角から、背の高い、赤い髪の女が、真っ黒な犬を連れてやって来る姿が見えたのだ。あたりを見回したが、散歩するひとが絶えないケヤキ並木に、なぜか、ほかの者の姿は見当たらなかった。

まさか、あれがそうなのか。

翔はペダルを漕ぐのをやめようとした。しかし、まるで誰かが漕いでいるかのように、觔斗雲はケヤキ並木を突き進んでいく。

どういうことだ。

あせっていると、觔斗雲は、女と犬の前で、ぴたりと止まった。翔は足を舗道に着いて、ママチャリが横に倒れないように支え、女と犬を見やった。

女は、青紫のしゃれたドレスをまとった、パリコレのモデルのようなスレンダーな美女だった。炎が燃えているような巻き毛の赤い髪で、エジプトのホルス神のように、濃い紫色に隈どられたまなじりが、斜めに切れ上がっている。

その眼は、右が金色で、左が真っ黒だった。

変わった趣味のコンタクトなのだろうか、それとも、真性の左右異色の眼、ヘテロクラヴィアなのだろうか。

犬は、ドーベルマンのような引き締まった、真っ黒な体躯で、ぞっとするような獰猛な雰囲気をたたえていた。

これが、まゆみのひとさし指をくいちぎった、ナイト・ドッグか。しかし、いまはまだ明るい午後だろう。ナイト・ドッグという名なら、夜に出ろよな。

翔が思っていると、ナイト・ドッグは鮮血をたたえたような真紅の眼を爛々《らんらん》と光らせ、黄色い牙をむいて、うなり声をあげた。女は、金と黒の切れ長の眼で、じいっと翔を見据えている。

まさか、ぼくを襲うのか？　摩璃子の友だちのように、ぼくも、ひとさし指をかみきられてしまうのか？

翔はなんとか愛車を走らせようとしたが、ペダルが固定されたように、まったく動かなかった。おののきながら、翔は犬に向かって、念じた。

やめろ、ぼくを襲うのは、やめろ。ぼくは金髪でもないし、若い女性でもないぞ。かんちがいするな。

だが、ナイト・ドッグは牙をむきだして、ゆっくりと翔に向かって近づいてくる。いまにも飛びかかってきそうになったときだった。

女が、ルルルッと、舌を震わせて鳴らす独特な音を発した。

ナイト・ドッグは不服そうにうなり、女の横にもどった。

たすかった。

翔は、噛まれなかったことに、心底安堵した。

「竜造寺翔よ、よく聞け」

女が声を発したが、それはあきらかに男の声だった。ざらりとして、凄みのある低い声だった。

こいつ、女じゃないのか？　もしかして、男が化粧し、女装しているのか？　しかし、なぜこの「女」は、ぼくのことを知っているのだろう。

低い声で、女は言った。

「ナイト・ドッグは怒っている。おまえのせいだ」

「ぼくのせい？」

自分の声がかすれているのを、翔は感じた。

女から漂ってくる、媚薬《びやく》めいた麝香のような匂いに、翔はさきほどから気づいていた。

どこかで、これと同じ匂いを嗅いだ気がするぞ。あれは、いつ、どこでだったか……。

「そうだ。おまえのせいだ。ナイト・ドッグの眠りを、おまえがさまたげたからだ」

ナイト・ドッグの眠りを、ぼくがさまたげた？　なんだ、それは。そんなこと、ぼくはしていないぞ。それにしても、この女は何者なんだ？

「ナイト・ドッグは、モルフォ蝶の鱗粉をふりかければ、眠れるはずだった。ところが、おまえが邪魔をした」

翔はおどろいた。

モルフォ蝶の鱗粉だって？　美織にとり憑いていた、あのエンジェル・モルフォ蝶のことを言っているのだろうか。

「覚えがあるだろう」

女は金と黒の眼で、翔を見据えた。

「ナイト・ドッグは、モルフォ蝶があらわれるのを待っていたのに、おまえが逃がしてしまった」

「でも、あれは……」

翔は茫然とした。

「いいか、竜造寺翔。ナイト・ドッグの腹にはいっている女たちの指を返してほしかったら、あの蝶を見つけて来い」

女たちの指？

では、やはり、ゴールデン・ファイブのひとさし指も、まゆみと同じめにあっているのだろうか。

「ナイト・ドッグを眠らせれば、女たちの指はもどる。ナイト・ドッグがのみこんだすべての指が、もとの持ち主のもとにもどるのだ」

ナイト・ドッグを眠らせれば、指がもどる、だって？　どういうことだ？

翔は、女の足元で、獰猛になっている犬を見やった。

けれど、この恐ろしい犬を眠らせるなんてことができるのか。エンジェル・モルフォ蝶は十日前に、美織の体から出て行き、どこかに飛んでいってしまったのに。

翔は口ごもりながら言った。

「でも、あの蝶は……」

「消えたというのか」

翔はうなずいた。

「ならば、おまえの力で、もう一度捕まえて来い」

そんな、無理なことを。

どうやって捕まえろというんだ。

「いいか。わかったな。女たちの指を返してほしかったら、モルフォ蝶を連れ戻して来い」

そう言うと、女は犬を連れて、青山方面へ歩いて行った。

そのあと、どうやって、新宿御苑前のマンションにもどったか、翔はよく覚えていない。部屋に入って、はじめて、震えが止まった。

息をついた。

怖かった。なんだ、あの女とあの犬は。

翔はベッドに仰向けになった。

しかし、あの女装したような妖しいやつと、あの恐ろしい犬は、どんな関係なんだ？　ペットみたいにして、どこかで飼っているというのか？

しばらく息を鎮《しず》めていると、そのとき、ポケットの携帯が鳴った。

「はい」

携帯を耳に当てると、

「わかったぞ」

宮本だった。

「わかったって、なにが？」

翔はたずねた。

「天使ケルビムのゆくえさ。文献で調べて、わかったのさ」

宮本は得意そうだった。

では、ぎっくり腰はすこし改善したのだろうか。

「あのな、下級天使ケルビムがルシファーたちと地上に堕ちたとき、まちがって山犬の腹にはいってしまった。それがナイト・ドッグだって、おれは言ったよな」

「うん」

「それは、ほんとうではなかったんだ」

「ちがったのか」

「半分はほんとうさ。でも、その犬は、ケルベロスだったのさ」

「ケルベロス？」

聴いたような名だ。もしかしたら、それはあのギリシア神話の地獄の番犬の名ではなかったか。

　宮本は言った。

「いいかい。下級天使ケルビムが、山犬の腹に落ちて、ケルベロスとなったのさ。冥王ハデスは、ケルベロスを地獄の門の番犬にして、けっして眠らぬようにしつけた。ケルベロスはその言いつけを守って、決して眠ることなく、地獄の門番となっていた。ところが、ケルベロスは、運命の男と出会った」

「運命の男？」

「オルフェウスさ」

「オルフェウス……」

「そうさ。オルフェウスは、地獄の門を通るために、竪琴をかき鳴らして、ケルベロスを眠らせてしまった」

　宮本は、まるでじかに見て来たことのように話しつづけた。

「ケルベロスは、ハデスの言いつけにそむいて、たった一度だけ、眠った。そして、それからというもの、そのときのえもいわれぬ、やすらぎとなった眠りを、求めるようになったんだよ」

　翔は、はっとした。

そうか。あの女が言った、ナイト・ドッグが眠りたがっているというのは、そういうことだったのか。

「というのが、エジプトのオマル・ヤームという十六世紀の神学者が、『地獄のケルベロス』という書物で唱えた説さ。つまり、ナイト・ドッグは地獄の番犬、ケルベロスだというのさ」

「なるほど……」

翔はつぶやいた。

しかし、なぜ、そのケルベロスがいまあらわれてきたのか。そして、ケルベロスを連れているあの女は、何者なのか。

そう思ったとき、宮本が言った。

「けど、なぜ、ケルベロスが若い女の指をくいちぎるのかは、おれには、わからない。それに、ケルベロスを連れている赤毛の美女という存在の正体も、わからない」

こうせい、ぼくは、いまそいつに会ったんだよ。そして、おどされたんだよ。

翔が、そう言おうとしたとき、キャッチフォンが入った。

「あ」

「別の電話だな、じゃあ」

それと察した宮本は、電話を切った。

「どなた」

翔は切り換えて、たずねた。

「竜翔先生、わたしです」

摩璃子だった。

「メフィストフェレスさんに会って、なにかわかりましたか」

「うん、かなりわかった」

「ほんとですか。教えてください。さっきも、まゆみが泣いて電話してきたんです。痛くってたまらないのって」

「まだ、よくわからないこともあるけど、いまわかっていることは、どうやら、エンジェル・モルフォ蝶が、今度のことの鍵をにぎっているみたいなんだよ」

「えっ？　美織ちゃんに憑いていた、あの蝶が？」

「そうなんだよ」

翔は、ナイト・ドッグとケルベロスについての宮本の話と、さきほど表参道で、赤毛の女とナイト・ドッグにおどされたことを、摩璃子に話した。

「そんなことがあったんですか……。ナイト・ドッグは、あの蝶に用があったんですか」

「うん。みたいだな」

「でも、まゆみの指がもとにもどるんでしょう、あの蝶をみつけたら。ねえ、竜翔先生、なんとかしてくださいな」

翔はうなった。

なんとかしろって、言ったたって……。

摩璃子は必死で言った。

「竜翔先生、親友が泣いているんです。そんなの、見てられません。なにか方法があるはずです。竜翔先生なら、きっとその方法を見つけられるはずです。お願いします」

翔はこまりはてた。

「ちょっと、考えさせてくれよ」

「わかりました。わたしも考えてみます」

翔は携帯を切った。

美織から出ていったエンジェル・モルフォ蝶は、まだこの世にいるのだろうか。もう、この世にはいないのではないか。そんな気がしてならなかった。もしも、いるとしたら、アンコール・ワットの密林あたりを飛んでいるのかもしれない。でも、ぼくがあそこへ行ったとしても、みつけられるかどうか。

しかし、どうすれば、ナイト・ドッグを眠らせることができるのだろう。あの女が言うように、もしもエンジェル・モルフォ蝶がみつかったなら、その鱗粉をふりかければいいのだろうが、その蝶がどこにいるかも、わからないのだ。まゆみやゴールデン・ファイブの指をもとにもどさせるのは、不可能ではないのか。

翔は憂鬱《ゆううつ》な心地で、ベッドに横たわった。

ふっと、電車のディスプレーに映った、今日の星座占いの言葉が浮かんだ。

――さそり座のあなたは、今日、大忙しです。つぎからつぎへと、いろんなことが起きるでしょう。

たしかに、あたっていたな。

つぶやくうちに、翔は深い眠りに落ちていた。

四　オルフェウスの竪琴

あくる朝、ポケットに入っている携帯の着信音で、翔は眼を覚ました。

なんだ、パジャマに着替えもせず、外着のまま、ぼくは寝てしまっていたのか。

翔はベッドから起き上がり、ポケットから携帯をとりだして、耳にあてた。

「竜翔先生」

摩璃子の声が聞こえた。

どうやら、いつものように摩璃子は疾走しているようだった。タッタッタッという軽快な足音が携帯の向こうから聞こえてくる。

「いま、すぐ近くまで来ているんです、わたし」

「えっ、近くにいるのかい」

「はい。いま、御苑に向かうガードレールをくぐったところです」

そんなところまで来ているのか。

翔は面食らって、言った。

「じゃあ、七〇一まで、上がっておいでよ」

翔は急いで顔を洗い、歯を磨いた。髪がぐしゃぐしゃだったが、仕方なかった。シャツとジーンズを着替えた。

やがて摩璃子が玄関のチャイムを鳴らした。翔はドアを開けた。摩璃子は眼にも鮮やかな真っ赤なミニのワンピースをまとっていた。

「竜翔先生、朝早く、すみません」

翔は、デスクの横に置いてある、ソファをすすめた。

「ありがとうございます」

摩璃子は白い膝小僧を見せながら、すわった。

「すみません、竜翔先生、執筆のお時間をお邪魔して。でも、わたし、まゆみの顔を見るのが、ほんとにつらくって……」

翔はとんがった髪をなでつけながら言った。

「昨日も言ったけど、君の親友を襲った犬の正体は、あのギリシア神話なんかに出てくるケルベロスらしいんだ」

摩璃子はたずねた。

「ナイト・ドッグの本体が、ケルベロスなんですか?」

「本体というのかどうか、わからないけれど、とにかく、冥王ハデスにつかえる、地獄の門の番犬。それがケルベロスさ」

翔は本棚から、ギリシア神話の画集をとりだした。そして、テーブルの上で、オルフェウスとケルベロスが描かれたページをめくった。

その場面は、亡くなった妻ユーリディケを捜しに、地獄へ降りてきたオルフェウスが竪琴を弾いて、地獄の門で番をしているケルベロスを眠らせようとしているものだった。まだ眠りについていないケルベロスの姿は猛々しく牙をむいていて、見るからにぞっとするような姿で描かれていた。

「こんなのに、まゆみは襲われたんですか」

摩璃子が悲鳴をあげた。

「うん。でもね、このあとケルベロスはオルフェウスの竪琴を聴いて、眠りにつくんだよ。けっして眠るなという、冥王の命令にそむいてね。それはそれは、やすらかな眠りに落ちていったんだよ。オルフェウスの竪琴には、そんな力があったのさ」

「でも、どうして、そんなケルベロスがまゆみの指を噛みきったんでしょう」

摩璃子は言った。

「あの女が言うにはだよ、ケルベロスは、あの眠りが忘れられなかった。だから、もう一度、やすらかに眠りたいと、願うようになった。かつて天使であったときのように」

「えっ、ケルベロスって、もとは天使だったんですか」

翔はうなずいた。

「そうさ。昨日の電話で言わなかったかな。ナイト・ドッグ、ケルベロスは、もとは天使ケルビムだった。ところが、ルシファーにそそのかされて神に反逆し、地上に堕ちていったときに、山犬の腹にはいってしまい、あんな姿になったって」

摩璃子が言った。

「聞きました。でも、でも、やっぱりわからない。そんな元天使の犬が、なぜ、まゆみの指をくいちぎったんでしょう」

翔はため息をついた。

「それは、ぼくもよくわからない。ただ言えるのは、あの女は、どうしてか、ケルベロスの願いを、かなえてやろうとしているってことさ」

「ケルベロスの願いを？」

「そう、もう一度やすらかに眠りたいという、願いを。その願いをかなえさせるためには、太古の眠りの神の子、エンジェル・モルフォ蝶の鱗粉を、ケルベロスにふりかければよい。女はそう考えているんだ」

「蝶が必要だというのは、鱗粉が必要だったからなんですか」

「うん。そのようだね。きっと、あの蝶の鱗粉には、すべてのものを深く眠らせる力があるんだろうね」

摩璃子は言った。

「じゃあ、美織ちゃんを眠らせていたあの蝶を、またみつければいいんですね」

「そうなるけどね。でも、あの蝶は美織ちゃんの体から出てきたあと、すぐ空に飛び立ったからね。いま、どこにいるのやら。おそらく太古の密林へ、あるいはどこか時間の彼方へ消えていったような気がするし……」

摩璃子がふたたび悲鳴をあげた。

「じゃあ、まゆみの指はもうもどらないいんですか」

翔はつぶやいた。

「まあ、昔々、ケルベロスを眠らせたという、オルフェウスの竪琴があれば、別だろうけれどね……」

ありえない気休めを言ったとたん、摩璃子が、俄然、元気をとりもどしたような声で言った。

「えっ？　オルフェウスの竪琴があれば、いいんですか」

翔は当惑した。

「いや、もしも、そんなのがあれば、だよ。でも、そんなの、どこかに転がっているようなしろものじゃないし。そもそも、ギリシア神話のころの竪琴だから。もともと現実にあったかどうかさえわからないんだから。どだい、無理だろうね、それを見つけるのは」

摩利子がさえぎった。

「竜翔先生、それって絶対に、昔々の、ギリシア神話のころの竪琴じゃなければいけないんですか？」

「ううん、いや……」

翔は首をひねって、さらに、いいかげんな気休めを言った。

「まあ、似たような竪琴なら、いいんじゃないのかな。なんというか、まるでオルフェウスが弾いたような、そんな竪琴だったら……」

言いながら、翔は思った。いや、それは無理だ。似たような竪琴に、ケルベロスを眠らせる力はあるまい。そいつは絶対に、無理ってものだろう。

しかし、摩璃子はさらに元気になって言った。

「じゃあ、似たような竪琴をみつければいいんですね」

翔は言葉を濁した。

「そう、だね。そんなのを、もしも、みつけることができれば、だけれどね……」

すると、摩璃子が言った。

「竜翔先生、いま代々木公園で、年に一度の盛大なフリーマーケットが開催されているんですよ。『アジアの宝』というテーマで。もしかしたら、そこでみつかるかもしれませんよ」

翔はにがい顔をした。

まさか、そんなところでみつかるわけないじゃないか……。

しかし、摩璃子は、ちらりと見えたひとすじの希望に、なんとかすがりつこうとするように、真剣な口調で言った。

「行きましょう、竜翔先生、行きましょう。わたし、ママチャリの前を走っていきますから」

翔は困惑した。

ここから代々木公園まで走るのか。かなりあるぞ。

摩璃子はソファから立ち上がった。そして、赤い鞄を小脇に抱えて、玄関から出た。

翔はぐしゃぐしゃの髪を気にしつつ、あとにつづいた。

五　青年エロス

それから二十分後、全力疾走の摩璃子のあとにつづいて、翔は代々木公園に到着していた。摩璃子が言ったとおり、それはいままで行われたフリーマーケットの規模をはるかに超えているようだった。

アジアの宝か。

翔は思った。

ありえないとは思うけど、ひょっとして、ひょっとしたら、なにか手がかりがみつかるかもしれない。

どういうわけか、そんな予感がちらりと胸をよぎったのだ。

「どこかに、竪琴を売っているかもしれませんよ。竜翔先生」

摩璃子は必死だった。

獣の革でつくられた鞄、黒檀の彫られた人形、銀の食器や鉄皿、古びたインド更紗の長衣、ジャワ島からやって来たらしいウブド絵画、ガジュマル笛や大きな丸い鼓といった楽器など、ありとあらゆるアジアからの輸入品が並べられた、迷路のようになっているマーケットを、翔と摩璃子は歩きまわった。

やはり、ない。それらしいものはどこにもない。

そのときだった。

摩璃子が叫んだ。

「竜翔先生、あれ。あれですよ、あの竪琴」

見ると、マーケットの一番奥のブースに、まさしく現代のオルフェウスといった美青年がすわっていて、小さな木の椅子に、古雅なかたちの竪琴が掛けてあったのだ。

まさか、あれは……。

翔は強く瞬《またた》いた。ゆるやかなドレープのある、生成りの編みシャツをまとって、竪琴のそばにすわっている美青年の背後で、白い翼のようなものが一瞬羽ばたいたような気がしたのだ。

もしかして、あれはギリシア神話の愛の神エロスではないのか？　そして、あの竪琴はエロス愛用の竪琴ではないのか？

そんな突飛な想像をしたくなるほど、青年と竪琴は神話的な雰囲気を漂わせていたのだ。

「竜翔先生、あの竪琴なら、どうでしょう」

摩璃子はささやいた。

「まあ、それらしいけれどね」

「そうですよね。それらしいですよね」

摩璃子は俊足を生かして走り、たちまち美青年の前に立った。

「あの、あの……」

ブースの前で、摩璃子はなにか言おうとして、顔が真っ赤になった。焦げ茶色の長髪を肩まで垂らした青年の光り輝くような美しさに、言葉を失ってしまったようだった。

かわりに、翔がたずねた。

「その竪琴は、どのくらいの値なんだい」

青年は茶色の眼で、摩璃子と翔をかわるがわる見やってから、深く響く声で言った。

「これは、売り物ではありません」

「売り物じゃないのかい」

青年は首をふった。

「ええ。残念ながら、こみいった事情があって、お売りすることも、お貸しすることもできないんです。竪琴をお探しなんですか」

翔はうなずいた。

「どんな竪琴をお探しなんですか」

「いや、あの、昔々オルフェウスが弾いた竪琴のような、そんな竪琴を探しているんだけれど……」

青年は真っ白な歯を見せて、微笑した。

「オルフェウスの竪琴、ですか」

「いや、そんな竪琴、あるわけないだろうけど……」

言いながら、翔は青年を見つめた。

この青年は、なにか知っている。

そう感じられたのだ。

すると、青年が深い声で言った。

「そんな竪琴をお探しなら、麻布の澁澤伯爵邸に行かれたら、どうでしょう」

「麻布の澁澤伯爵？」

翔はつぶやいた。

もしやそれは、マンドラゴラ伯爵と呼ばれている人物ではないのか？

室町時代の婆沙羅《ばさら》大名の血を継ぐとされる澁澤由紀夫は、先祖代々の膨大な財産をもつと噂されていた。日本では珍しいタイプの心霊家にして神秘家、収集家だった。

青年はうなずいて言った。

「そうです。あそこには、聖なる竪琴があると聞いたことがあります」

「聖なる竪琴？」

「噂では、オルフェウスが弾いた竪琴の、ごくごく小さな木片を、実際にはめこんでいる竪琴だとか」

　翔は青年の顔を見つめた。

　オルフェウスがほんとうに弾いたという竪琴のかけらだって？　そんなものがこの世にあるわけがないじゃないか。だいいちオルフェウスそのものが、ギリシア神話のなかの存在なのだぞ。

　すると、翔のなかで反発する声があった。

　オルフェウスが神話のなかの架空の存在なら、ケルベロスはどうなるのだ。実際に、摩璃子の親友の指をかみきったケルベロスも、架空の存在なのか？

　そのとき、摩璃子が小さく叫んだ。

「それですよ、それ！」

　摩璃子の眼が輝いた。

「竜翔先生、それですよ！」

　翔は当惑した。

「さっそく行きましょう、竜翔先生、澁澤伯爵の家へ」

青年がしずかな深い声で言った。

「そうですよ。ものはためしですから、行ってごらんなさい」

翔と摩璃子はフリーマーケットから出て、ママチャリを止めたところへ歩いて行った。道すがら、摩璃子が言った。

「竜翔先生、きっと見つかりますよね、オルフェウスの竪琴」

「でも、もしもそんなのがみつかったとしても、だれが弾くんだよ、それを」

摩璃子が歩きながら、赤い鞄からラミネート加工の一覧表をとりだした。そして、それをふりかざして言った。

「もちろん、竜翔先生が弾くんですよ」

「えっ、ぼくが?」

翔はびっくりして、足を止めた。

「ぼくは竪琴なんか、弾いたことないよ」

摩璃子は一覧表を指さして、言った。

「ええっと、これですよ。これ。十一番めの『自己催眠』ですよ」

翔は驚いた。

なになに、『自己催眠』だって? それをどう使うというんだ?

「だから、竜翔先生が、オルフェウスになるんですよ。『自己催眠』の力で」

「そんな」

「そうですよ。オルフェウスの竪琴を、オルフェウスが弾く。それがあたりまえじゃないですか。竜翔先生なら、きっとなれますよ、オルフェウスに」

翔は面食らった。

「でも、君、そんなことは」

「できますって」

摩璃子はきっぱりと言いきった。

「わたしはわかります。竜翔先生なら、『自己催眠』で、神話のオルフェウスに変身できるって」

翔は苦笑した。

「そんなこと、ぼくは」

「サンドイッチ、すし、せんべい、ソーセージですか。サスセソ、シがないから、しない、でしょう」

「そうさ。しないし、できない」

「いいえ、できます。わたし、今度、髪を金色に染めるカラートリートメントを持ってきますから」

「え？」

「だって、オルフェウスって、ふさふさした金色の髪をしていたんでしょう？　竜翔先生が見せてくれた絵には、そんなふうに描かれていたじゃないですか」

　翔は困惑した。

「いや、それは」

「髪が金色になったら、竜翔先生、オルフェウスになれますよ、きっと」

「そんな、髪を染めたら、オルフェウスになれるなんて、そんなこと……」

　馬鹿げている。

　そう言いたかったが、摩璃子の気持ちをおもんばかって、言わなかった。

　摩璃子は、しかし、自説を曲げなかった。

「まずは外側から、オルフェウスになりきるんですよ。そうすれば、内側もついてきますから」

　翔は返す言葉がなかった。

　発想が突飛すぎるし、論理が飛躍しすぎているし。なにより、この世の誰だって、オルフェウスになんか、なれっこないんだし。

　どう言えば、摩璃子が納得するか考えながら、翔は代々木公園から出た。脇の灌木の前に止めたママチャリの鍵を開けていると、そのとき摩璃子の携帯が鳴った。

「ええ、でも……。ええ、わかりました」

摩璃子は眉をしかめて、翔に言った。

「すみません。また小此木先生がごねているみたいで」

翔は苦笑した。

あのベストセラー作家なら、しょうがないだろうな。どんなわがままでも、出版社は聞くしかないだろう。

「竜翔先生、わたし、会社で、澁澤伯爵の電話番号と住所を調べます」

摩璃子が言った。

「あのかた、プライバシーを秘密にしているようですけど、会社にはきっと情報があります。調べたら、連絡しますから、絶対、竪琴を借りてきてくださいね」

六　マンドラゴラ伯爵

澁澤伯爵か……。

千駄ヶ谷のマンションにもどった翔は、机にほおづえをついて、考えた。

心霊家、神秘家として知られている澁澤伯爵は、もう八十歳に手が届く年齢だったが、ひそかに禁断のマンドラゴラ、人造人間をつくっているとも噂され、「マンドラゴラ伯爵」の異名もあった。その書斎には、聖杯のかけらとか、キリストの血が流れたゴルゴダの土とか、仏陀がクシャナガラで悟りをひらいたとき、風に舞い落ちた沙羅双樹の葉っぱとか、とにかく不思議なものが収集されているといわれていた。

ふうむ。気難しい相手だぞ、きっと。

そのとき、ポケットの携帯が鳴った。

「竜翔先生、わかりましたよ」

摩璃子の声がした。

「番地は、麻布十番の××。電話は、×××です」

「そうか」

翔は書きとめた。

「きっと、借りてきてくださいよ」

摩璃子は念を押した。

「いいですか。それが手に入ったら、竜翔先生、『自己催眠』ですよ。ぼくは、オルフェウスだ。ぼくは神話のオルフェウスだって、自分にしっかり言い聞かせるんですよ。きっとなれますから。竜翔先生は、神話のオルフェウスになれますから」

摩璃子は強い暗示をかけるように、その言葉をくりかえした。

「わかった、わかったよ」

翔は言った。

「じゃあ、澁澤伯爵に連絡してください」

摩璃子は携帯を切った。

どうしよう。

翔はしばらくためらったあと、澁澤伯爵に電話してみた。どうせ居留守を使って、出ないだろうと思っていると、驚いたことに、若々しい、気さくな声がした。

「はい、なんだろうね。ぼくに用事かい」

翔はあわてた。まさか本人が出てくるのか。執事とか、電話番とか、いないのだろうか。翔は言った。

「失礼ですが、澁澤伯爵でしょうか」

「なにが失礼なんだい。ぼくは失礼なことをなにか君にされたのかな」

「いや、その、ぼくは竜造寺翔という小説家なんですけど」

「なんだ、取材かい。それは、いっさいおことわりしているんだよ。では――」

澁澤伯爵の声がとたんに不機嫌になり、電話が切れそうになった。

「ちがいます。ちがいます」

「どうちがうんだい」

「じつは、どうしても澁澤伯爵のお力をかりたくて。とても不思議な事件がおきまして……」

澁澤伯爵が好奇心にみちた声になった。

「不思議？」

「ええ、とても」

「どんな不思議なんだい」

「それは、じかにお話ししたいと思います」

電話の向こうで、ふっと笑う気配があった。

「ぜひともお会いして、伯爵にお話ししたいのです。お願いします」

言いながら、翔は思った。

すこしへりくだりすぎているかな。しかし、名にしおうマンドラゴラ伯爵にじかに会えるのなら、このくらいはしなくては……。

澁澤伯爵が言った。

「いいだろう、来たまえ」


澁澤邸は麻布十番の高級住宅街のなかにあった。

御影石の高い塀にかこまれていて、なにか梵字《ぼんじ》のような名札が掛かっている大理石の門が重厚きわまりなかった。どこかそれは、上野の美術館に飾ってある、オーギュスト・ロダンとその愛人であり助手であったカミーユ・クローデルが共同で造りあげた「地獄の門」を思わせた。

ママチャリで門をくぐりぬけると、鬱蒼《うっそう》と樹木が繁っていた。樹齢数百年を過ぎたようなブナ、楓《かえで》、杉といった木々が空高くそびえたっている。

そのあたりから、マンドラゴラが出てきたりして……。

翔は思った。

ブナの大木の根元に愛車を止めて、木々の下をどのくらい歩いたか。ようやく玄関にたどりついた。分厚い鋼鉄の扉に、巨大な黄金色の鐘が吊るされている。

これを鳴らすのか。

翔はためらいながら鐘を鳴らした。すると思いがけないほど涼しい音色があたりに響き渡った。

「はい」

分厚い扉を開けて出てきたのは、和服姿のほっそりとした若い女性だった。眼も眉も鼻梁《びりょう》も細く、唇だけがぽってりと薔薇のような厚みがあった。

細君だろうか、それとも愛人か。

思いながら、翔は言った。

「ぼくは竜造寺翔といい、さきほど澁澤伯爵に電話した者です」

女性は細い声でこたえた。

「お待ちしておりました」

そう言うと、先に立って、案内した。

両脇に黒い本棚がつづく、長いまっすぐの通路をどれだけ歩いたか、突き当たりの扉を、女性はノックした。

「はいりたまえ」

太い声がした。

「どうぞ」

女性が扉を開けて、翔をうながした。

部屋にはいった翔は眼をみはった。

そこは別世界だった。

天井まで届く金銀細工の巨大な時計がいくつも並べられていて、ルネッサンス期のヴェネチア風の衣装をまとって仮面をかむっている数体の男女の人形はいまにも舞踏をはじめそうだった。老いた辻音楽師が悲哀のまなざしをたたえて、回そうとしているオルゴールのそばには、年代ものらしい機械仕掛けのピアノが置いてある。さらには、いかにも高価そうなスタインウェイのグランドピアノが鎮座し、吠え猛っている虎のはく製の横では、鷲のはく製がいまにも飛び立とうとしている。

中世ヨーロッパの槍や長剣がずらりと壁に並び、そしてその前には犠牲者の血がこびりついているようなギロチン台が据えてあった。五十畳ほどのその空間には、不気味なものがひしめいていたのだ。

ここに、聖なる竪琴があるというのか。

翔は息をしずめて、澁澤伯爵を見た。澁澤伯爵は、アラビアンナイトに出てくる空飛ぶ絨毯《じゅうたん》のような極彩色のひろい敷物に、結跏趺坐をくんですわり、なにか瞑想しているようだった。エジプト風の黒い長い衣、ガラベアをまとった顔は、八十とは思えないほど若々しかった。

なにか、若返りの秘薬でものんでいるのだろうか。それとも、あぶない黒魔術でも使っているのだろうか。

翔が考えていると、澁澤伯爵が太い眉の下の眼をみひらいた。

「君も、すわりたまえ」

澁澤伯爵が言った。

「はい」

とまどいながらも、翔は言われる通りに、敷物の前で靴を脱ぎ、澁澤伯爵の前にすわった。同じように結跏趺坐をくもうかとも思ったが、ここは礼儀正しくしなければいけないぞと、おとなしく正座した。

「それで、不思議な話とは？」

澁澤伯爵はたずねた。

「ナイト・ドッグが出現し、ぼくの知り合いの女性の親友のひとさし指をくいちぎってしまったのです」

翔は前置きなしに、いきなり言った。

「ほう」

澁澤伯爵の眼が光った。

「ナイト・ドッグがそんなこと、したのかい」

知っているのか、ナイト・ドッグを。さすがは、マンドラゴラ伯爵だ。

「だから、ナイト・ドッグを眠らせるために、伯爵が所有されている、聖なる竪琴をお借りしたいのです」

翔が言うと、澁澤伯爵がふっふっと笑った。

「聖なる竪琴？」

「ええ」

「オルフェウスの竪琴のことを言っているのかい？」

まさか、それらしいものが、ほんとうにあるのか。

内心おどろきながら、翔はうなずいた。

「ええ、ぜひとも。そのオルフェウスの竪琴を、お借りしたいのです。かならずお返しいたしますから」

澁澤伯爵は翔の眼を見据えた。

「ナイト・ドッグ、別名、地獄のケルベロス。しかし、だれがあれを呼び寄せたのかな」

「わかりません。ただ、犬を連れているのは、真っ赤な髪の女なんです」

澁澤伯爵が驚いたような声をあげた。

「赤い髪の女が？」

翔はうなずいた。

「その女は、でも、男が女装しているのかもしれません。右が金色、左が黒という、左右の眼の色がちがうヘテロクラヴィアなんです。もしかすると、両性具有者、ヘルマフロディットかもしれませんが、その女がなにものか、澁澤伯爵はごぞんじではありませんか？」

澁澤伯爵は、ふっとまなざしを宙に浮かせて、彼方をしばらく見やったあと、思わせぶりに言った。

「ヘテロクラヴィアに、ヘルマフロディットねえ。なんとなく見当はつくけれど、めったなことは言うまい。でも、会ってみたいね、その赤い髪の女に」

「その女が、ケルベロスを地獄の門から解き放ったんでしょうか」

「さあねえ。そうかもしれないねえ」

「ケルベロスは、冥王ハデスの言いつけを破り、オルフェウスの竪琴を聴いて眠ったときのやすらぎが忘れられないと、女は言いましたが、どうなんでしょう？」

澁澤伯爵はふっふっと笑った。

「さあ、どうだろうねえ。でも、面白いねえ。赤い髪の女に、ケルベロス、冥王ハデスに、オルフェウスかい。じつに面白いねえ。役者がみんなそろっている」

愉快そうに笑ったあと、澁澤伯爵は言った。

「それで、君は、ケルベロスを眠らせるために、ぼくの竪琴を借りたいというわけか」

　翔はうなずいた。

「ええ、ケルベロスを眠らせることができれば、ひとさし指がもどるらしいんです。ぜひ、お貸しください。ご迷惑はおかけしませんから」

　澁澤伯爵はすぐには返答しなかった。腕を組み、眼を閉じた。しばらく考えているようだったが、やがて眼をひらいて、言った。

「よし、貸してあげよう。ただし、ひとつ条件がある」

「条件？」

「そうだ。君がそれを果たすことができたら、竪琴を貸してあげよう」

　翔は思った。

なんだ、その条件とは。まさか、ヘラクレスに課せられた十二の冒険みたいな、とんでもなく、あぶない条件じゃないだろうな。

　澁澤伯爵はさらに言った。

「できるかい、君に」

「その条件って、なんですか」

　澁澤伯爵は太い声で言った。

「ぼくはね、ナイト・ドッグの牙が欲しいんだよ。ぼくのコレクションにぜひ加えたいからね。それを持ってくれれば、竪琴を貸そう」

ナイト・ドッグの牙だって？

翔は愕然とした。ケヤキ並木で襲われかけたときの、ナイト・ドッグの黄色い牙が眼に浮かんだのだ。

まさか、そんなことができるものか。ナイト・ドッグの牙なんて、そんな物騒なもの、手に入るわけがない。

翔は眉を寄せて、澁澤伯爵を見た。

これは、ていよくことわるための口実だな。

澁澤伯爵は翔の視線をはねかえすようにして言った。

「ナイト・ドッグの牙を持ってきたまえ。そうしたら、オルフェウスの竪琴を君に貸してあげよう」

翔はくちびるを噛んだ。

これ以上、なにを言っても、むだだな。

「わかりました」

翔は言った。

無理だ。そんなことができるはずがない。この老いぼれの、食わせ者め。ぼくをからかっているな。

澁澤伯爵は蠅《はえ》を手ではらうような仕草をして、尊大な口調で言った。

「さあ、お手並み拝見としようか。帰りたまえ」

翔は屈辱を感じながら、絨毯から立ち上がった。靴を履き、それでも一礼して、部屋から出た。すると、ずっと聞き耳をたてていたのか、細面の若い女性が扉の前にいた。細い眼が憐憫《れんびん》とも侮蔑ともつかない光をたたえている。

「どうぞ、こちらへ」

女性は翔を玄関まで見送った。玄関を出て、樹木のあいだを歩きながら、翔は毒づいた。

「なんだ、あのマンドラゴラ野郎め。できそうもないことを言って、ぼくをからかって……」

ブナの根元に止めていたママチャリの鍵を開けて、サドルにまたがった。

摩璃子になんと言えばいいのだろう。きっと借りてきてくださいと、あんなに言っていたのに……。

気落ちして、ペダルを漕ぎはじめた。なにかいまいましい心地で、大理石の門を出た。

マンドラゴラ伯爵の、聖なる竪琴。

ナイト・ドッグの牙。

不可能なことばかり、要求されているのだ。

「だめだ。ぼくには手も足も出ない」

七　銀の腕輪

意気消沈して、麻布十番からママチャリを漕いでいるうちに、なぜか青山神社の方へ向かっていた。

美織は、どうしているのだろう？

その思いが、ふっと胸をよぎったからだった。

エンジェル・モルフォ蝶を体から離してやってから、十一日が過ぎていたが、その間、美織とは会っていなかった。なにか、会うことがためらわれたのだ。

なぜ？

ペダルを漕ぎながら、翔は自問自答した。

なぜ、ためらわれるのか？　美織が、少女のころの緑川みずきを思い出させるからか？

しかし、今日は、会いたい気持ちがつのっていた。美織に会えば、勇気づけられるような、そんな予感がしたのだ。

青山神社に近づいていったとき、かすかな歌声が聴こえた。

あれは……。

澄んだ歌声だった。

翔は聞き耳をたてながら、ママチャリを漕いでいった。

もしかしたら、あれは美織が歌っているのではないのか。

ママチャリを、青山神社の門の脇に止めた。鍵をかけてから、門をくぐった。やはり、歌っていたのは、美織だった。

足首まで隠れる、純白のロング・ワンピースをまとった美織が、神社の白砂に立ち、空に向かって、歌っていたのだ。その姿は、ルネサンス期にボッティチェリが描いた天使の像に似ていた。無垢なその姿を遠目に見ながら、翔は思った。

なんて、澄み切った声なんだろう。

美織は、モーツァルトの「アヴェ・ヴェルム・コルプス」を歌っていた。合唱曲として歌われることの多いその曲が、ボーイ・ソプラノのような美織の声で聴くと、まさしく空から降りてきた天使が、イエスの受難と祈りを歌っているように感じられた。

門を入ってすぐのところで、翔は足を止めて、美織の歌に聴き入った。美織の姿がまぶしくてならなかった。翔は、エンジェル・モルフォ蝶が消えていった青い空を見やった。

なんという晴れわたった空だろう。永遠を思わせる空の青だ。

そのとき、歌がやんだ。

「竜造寺先生」

美織が、門前にたたずむ翔に気づいて、駆け寄ってきたのだ。息をはずませている清楚な顔が、遠い日のみずきのおもざしを思い出させた。

でも、眼がちがう。

翔は思った。

あのエンジェル・モルフォ蝶の羽の色と同じ、美しい瑠璃色の瞳が、美織はみずきではないということを、あきらかに告げていたのだ。

けれど、なんという綺麗な眼なのだろう。まさしく夢の蝶がもたらした、夢の瑠璃色の瞳だ。

「美織ちゃん、すっかり元気になったんだね」

翔はまぶしいものを見るように、眼を細めて言った。

「ええ。とっても元気になりました。竜造寺先生のおかげです」

それから、美織は言った。

「ちょうどよかった。わたし、先生にさしあげたいものがあったんです」

「ぼくに？」

「ええ、お礼にさしあげようと、祖母と決めたものがあったんです。ちょっと待っていてください」

そう言うと、美織は走りだした。そして、社務所へ駆け入ると、すぐに白い木箱を抱えて、出て来た。息をはずませて、翔の前まで来ると、

「これなんです」

と、美織は木箱を開けた。

そこには、白い絹地に、銀色に輝く腕輪が載っていた。

「魔よけの腕輪です。この神社につたわってきたものなんです」

美織が言った。

「魔よけ？」

「ええ。先生は、いつも魔物と戦っていらっしゃるんでしょう。摩璃子姉さんから聞きました。だから、ぜひ、先生にこの魔よけの腕輪を身につけていてもらいたいんです」

翔はおどろいた。

「ぼくがこの腕輪を？　でも、これって、ここの神社の宝じゃないのかな」

「宝です」

「悪いよ、そんなものもらっては」

美織は首をふった。

「いいえ。悪くありません。祖母も、これを先生にさしあげなさいって、言ってくれました」

まさか。ほんとうに、あの祖母がそんなことを言ったんだろうか。

翔には信じられなかった。

「祖母は、一見、とっつきにくい、ちょっと意地悪そうに見えますが、じつはとても気さくな優しい性格なんです。祖母は、竜造寺先生のことを、とても尊敬しているんです」

そうかなあ。

翔は、疑りぶかそうに自分を見ていた、さよのきついまなざしを思った。

「先生、どうぞ、受け取ってください」

そう言うと、美織は銀の腕輪を、翔の右手首にはめた。美織の滑らかな手に触られて、翔はびくっとした。

「似合うわ、とても」

美織はうれしそうに言った。

翔は、右手首にはめられている腕輪を見やった。それは、よけいな飾りも、絵文字などの彫りもほどこされていない、じつにシンプルな腕輪だった。

「でも、こんな高価なもの」

翔は、はずそうとした。

すると、美織が翔の手首をにぎって、じいっと瑠璃色の眼で見つめた。

「純銀ではないんです。そんなに高価なものじゃありません。だから、ぜひ、魔よけに身につけていてください」

翔はため息をついた。

美織の気持ちを、尊重はしたかった。けれど、青山神社につたわってきた宝を、十三歳の少女にもらうのは、はばかられた。

よし、摩璃子に相談しよう。

「ありがとう」

翔は言った。

「受け取ってくださるんですね、うれしい」

美織は微笑した。

「先生、祖母はいまちょっと手を離せない用があるんですけど、よかったら、お茶を飲んで行かれませんか？」

翔は首をふった。

「いや、そうしたいけれど、ちょっと用があるから」

そう言うと、翔は手をあげて、小さく、左右にふった。

「じゃ、また」

振り向かないように心を決め、門に向かって、歩きだした。

「じゃあ、竜造寺先生」

背後から聴こえてきた美織の声に、翔は後ろ髪をひかれるような気持ちを抱いた。

八　ケルベロスの牙

ママチャリを漕いで、青山神社から千駄ヶ谷方面に向かい、表参道のケヤキ並木にさしかかったときだった。

十数メートル先の舗道に、黒い物体が横たわっていたのだ。

あれは。

翔は慄然とした。

ナイト・ドッグじゃないのか、あれは。

しかし、そのまわりには、赤い髪の女はいなかった。

もしかして、ナイト・ドッグが主人を離れて、勝手に動きまわっているのか。もし、そうだとしたら、不用心じゃないか。あんな獰猛な犬を放し飼いにするなんて、危険極まりないだろう。

黒い物体は、波がうねるように動いて、むくっと起き上がった。そして、翔の方を見やった。

あぶない。

ぞっとして、翔はママチャリをUターンさせようとした。だが、うまくいかず、バランスをくずして、ママチャリごと、転倒した。

狼狽したとき、凶暴なうなり声をあげながら、ナイト・ドッグが襲いかかってきた。

「あっ」

噛まれる！

瞬間、顔を守ろうとした翔の右手に、ナイト・ドッグの牙が、ガキッと音をたてた。噛みつこうとしたナイト・ドッグの牙が、偶然にも、美織が魔よけにつけてくれた銀の腕輪に当たったのだ。

痛かったのか、ナイト・ドッグは悲鳴をあげて、飛びすさった。そして、意気地なく逃げ去った。

たすかった。

ほんとうに、魔よけの宝だったな。

翔は肩で息をして、起き上がろうとした。そのとき、眼の前に、一本の鋭い牙が転がっているのを、見つけた。

「牙だ。腕輪に当たって、抜け落ちたんだ」

翔は、牙をひろった。長さ三センチほどの、先端がするどく尖っている黄色い牙には、青い血がこびりついていた。むっとするような、なにか恐ろしく生臭い臭いが染みついている。

ケルベロスの血だ。地獄の血だ。

翔は、その貴重な牙を凝視した。

ふってわいたような幸運が信じられなかった。

まさか、ほんとうに手に入るとは。

翔は思った。

これで、澁澤伯爵の竪琴が借りられるぞ。

翔はハンカチで牙をつつんだ。

「ありがとう、美織ちゃん。おかげで、牙が手に入ったよ」

翔は、青山神社の方角に両手をあわせて、美織に感謝した。

よし、さっそく澁澤伯爵に会おう。これを見せたら、マンドラゴラ伯爵も、四の五の、言うまい。

翔は、ママチャリを麻布十番に向けた。

大理石の門をくぐり、鬱蒼とした樹木の間をぬけ、ブナの樹の根元に、ママチャリを止めた。玄関の鋼鉄の扉に吊るされた金色の鐘を鳴らした。

扉をあけたのは、さきほどの若い細面の女性だった。

「なにか、ご用でしょうか」

つい、さきほど会ったにもかかわらず、女性は、まるではじめて翔を見たかのような、冷ややかなまなざしで、たずねた。

「あの、澁澤伯爵にお会いしたくて」

翔はとまどいながら言った。

「どなたさまでしょう」

「ぼくは、竜造寺翔といいます」

「伯爵はお会いになるかどうか、わかりませんが、そこでお待ちください」

冷たく言い捨てて、女性は奥へ消えた。それからしばらくしてから、ふたたびあらわれて、女性は言った。

「どうぞ、おはいりください」

連れていかれた部屋は、さきほどと同じ部屋だった。エジプトの黒いガラベアから着替えたのか、白い着物に黒い袴をはいた澁澤伯爵は、絨毯の上で、日本刀の素振りをしていた。

「えいっ、えいっ」

おそろしく切れそうな銀色の刃を、縦に横にふりまわしている伯爵の姿は、いかにも剣呑《けんのん》だった。

あぶないなあ。

翔は思った。

「また来たのか、君。今度は、何の用だね」

澁澤伯爵は、流れるような動作で、刀を腰帯にはさんだ鞘におさめて言った。

「牙をとってきました」

翔は言った。

「なに？」

澁澤伯爵は、ぎろりと眼をむいた。

さっきここから出て行ったばかりなのに、もう、牙をとってきたというのか。馬鹿なことを。

そう言いたげだった。

「ケルベロスの牙です」

翔はハンカチでつつんだ黄色い牙を見せた。澁澤伯爵はそれを指でつまみ、しげしげと見やった。それから、みごとな鷲鼻を近づけて、その臭いを嗅いだ。

うっとした顔で、澁澤伯爵は、太い眉をしかめた。

ひどい臭いだからな。地獄の底のメタンのような。

そう思いながら、翔は言った。

「さしあげます。伯爵のコレクションに加えてください。かわりに、オルフェウスの竪琴を貸してください」

澁澤伯爵はじろりと翔を見た。

「これが本物だという証拠はあるかね」

「伯爵ほどの目利きなら、これが本物か偽物か、すぐにおわかりでしょう」

澁澤伯爵はふっふっと笑った。

「竜造寺くん」

澁澤伯爵は言った。

「そんなに、オルフェウスの竪琴が借りたいかね」

「ええ」

翔はうなずいた。

「ぜひとも」

澁澤伯爵がたずねた。

「それで、誰が弾くんだね、竪琴を。君が弾くのかね」

翔はうなずいた。

「ええ、ぼくが弾きます」

「君は、竪琴を弾いたことがあるのかね」

小馬鹿にしたような伯爵の問いに、内心むっとして、翔はちいさな虚栄を張った。

「子供のころ、おもちゃのハープを弾いたことはあります」

嘘つけ。おもちゃのハープなんか、弾いたこともないくせに。

「おもちゃのハープか」

澁澤伯爵はふふっと笑った。

「いいだろう。貸してあげよう」

澁澤伯爵はケルベロスの牙を手に、部屋の奥へ入っていった。どうやら奥の部屋に、貴重な収集品があるようだった。しばらくしてから、澁澤伯爵はこぶりの古びた竪琴をたずさえてきた。

小さい。

オルフェウスの竪琴といわれているものが、そんなにも小さい竪琴とは思わなかったのだ。いかにも長い年月を経て来た年代ものの雰囲気こそまつわりつかせていたが、それほど稀少な竪琴だという感じはなかった。さきほど翔が出まかせに口走った、子供のおもちゃを想起させるような竪琴だったのである。

これって、本物だろうか？

そんな疑念がさしたが、さすがに、言うのはさしひかえた。

澁澤伯爵は竪琴を、なにかにつつもうともせず、むきだしのまま、さしだした。

「さあ、持っていきたまえ」

翔はそれを受け取った。そのとき指が一本の弦をはじいたのか、音が出た。なにか吸いこまれるような、深い、微妙な音があたりに鳴り響いた。

「ほう、オルフェウスが歌ったな」

澁澤伯爵が言った。

「なかなかいい声だ。そうではないかね、竜造寺くん」

没薬《もつやく》のような匂いのする竪琴を手に持ち、翔は頭をさげた。

「ありがとうございます。お借りしていきます」

九　金髪のオルフェウス

翔は、借りた竪琴をママチャリの前のカゴに、そうっと入れて、ペダルを漕ぎだした。

「ほんとうに、これか？」

カゴに載せてある竪琴を、翔は見やった。

「これが、ほんとうに、聖なる竪琴なのか？」

夕日が射してくるなか、翔はママチャリを漕いだ。

やがて千駄ヶ谷のマンションにもどると、翔はソファにすわった。テーブルの上に竪琴を置いて、ため息をついた。

「オルフェウスの竪琴か」

翔は竪琴を両手に持ってみた。そして、右手で、弦をはじいてみた。深い森を吹き抜けていくような、神韻《しんいん》とした響きが部屋にひろがっていった。

そのときだった。

――いい音ね。

背後で、ささやくような声がした。

はっとして、翔はふりむいた。

しかし、そこには誰もいなかった。本棚が並んでいるばかりだった。

誰だ、いまのは。幻聴か？

翔が耳をそばだてたとき、携帯が鳴った。

「はい」

「竜翔先生、いま、どこにいらっしゃるんですか」

摩璃子の声だった。しかし、いつものタッタッタッタッと走っている音は聞こえなかった。

走っていないのか？

そう思いながら、翔は言った。

「あ、うちにいるけど」

「よかった。よかったわね、美織ちゃん。竜翔先生、おうちにいらっしゃるんですって」

摩璃子の声に、翔は聞き耳をたてた。

なに、美織がそばにいるのか？

翔は胸が高鳴るのを、感じた。

もしかして、美織がここにやって来るのか？

「あと、三分半で、そこに着きますから」

摩璃子が言った。

「えっ」

翔は聞き返した。

「いま、どこにいるんだって」

「いまは東京体育館の前です。待ち合わせをした美織ちゃんが、大江戸線の国立競技場駅から上がって来て、いっしょに、竜翔先生のマンションへ向かっているんです」

「美織ちゃんも来るのかい？」

「はい」

摩璃子が言った。

「美織ちゃん、竜翔先生に、ちゃんとお礼を言いたいからって、わたしに電話してきたんですよ。それに、先生の金髪姿も見たいからって」

「ぼくの金髪？」

「そうですよ。わたし、金色のカラートリートメントと、髪染めの道具一式をもってきましたから」

翔は啞然《あぜん》とした。

では、どうあっても、ぼくの髪を金色に染める気なのか。

摩璃子が言った。

「あと、二分ですね。歩いているから、すみません。遅いです」

すると、美織の細い声がした。

「ごめんなさい、摩璃子姉さん。わたし、足が遅くって」

「いいのよ、美織ちゃん。わたしがせっかちなだけだから」

ふたりが言いあっている声を聴きながら、翔はため息をついた。

しかし、なぜ、摩璃子と美織の前で、金髪に染められなくてはならないのか。変だろう、それって。

しばらくして、チャイムが鳴った。

「はい」

翔はドアをあけた。

摩璃子の横に、純白のロング・ワンピースをまとった美織がいた。頰が薄桃色に染まり、唇が初々しくほころんでいる。壁中に吊るされたドライフラワーにかこまれ、エンジェル・モルフォ蝶にとり憑かれて眠りつづけていたときの、いまにもはかなくなりそうな表情はみじんも感じられなかった。

「美織ちゃん。ぼくは、お礼を言わなくちゃいけない」

翔は言った。

「お礼？」

「そうだよ。美織ちゃんが、ぼくの腕につけてくれた魔よけの腕輪で、今日、たすかったんだよ」

摩璃子が口をはさんだ。

「えっ、なんですか、それ。わたしの知らないところで、竜翔先生と美織ちゃんは会っていたんですか」

翔は右手首を見せた。

「これだよ」

摩璃子は、しげしげと、銀の腕輪を見やった。

「青山神社の宝を、ぼくに魔よけとして、今日つけてくれたんだ、美織ちゃんが。そうしたら、どんぴしゃり、ナイト・ドッグの牙から、腕輪が守ってくれた」

摩璃子がおどろいた。

「竜翔先生、今日、ナイト・ドッグに襲われたんですか」

「うん」

翔はうなずいた。

「でも、魔よけの腕輪がぼくを守ってくれたうえ、牙を落としてくれたんだ。おかげで、聖なる竪琴を貸してほしいなら、ナイト・ドッグの牙をもってこいという、澁澤伯爵の無理難題の条件をクリアできたんだ」

摩璃子は眼を丸くした。

「じゃあ、澁澤伯爵に、オルフェウスの竪琴、貸してもらったんですか？」

翔はうなずいた。

「まあ、入ってくれ」

翔はふたりを部屋の中へ案内した。そして、テーブルの上に置いてある竪琴を見せた。

「まあ」

摩璃子はそれを見ると、感嘆したように言った。

「これが、オルフェウスの竪琴、なんですか」

「と、伯爵は言っている」

翔は言った。

美織がテーブルの前に来て、じいっと竪琴を見つめて、つぶやいた。

「オルフェウスの竪琴……。とっても小さくて、かわいらしい……。これで、ナイト・ドッグさんが眠るのね」

摩璃子が早口で翔に言った。

「竜翔先生、すみません。わたし、美織ちゃんに、今度のこと、みんな話したんです。ナイト・ドッグや、赤毛の美女や、代々木のフリーマーケットの青年や、澁澤伯爵のこと」

翔は美織を見やった。

美織は瑠璃色の瞳を輝かせて、うなずいた。

「ええ、聞きました。竜造寺先生は、魔物と戦っていらっしゃるんですね、毎日、毎日」

そんな、毎日、毎日じゃないよ。

そう言おうとしたとき、摩璃子が言った。

「じゃあ、なにもかも、うまくいったんですね。澁澤伯爵からオルフェウスの竪琴が借りられたのなら、あとは、竜翔先生がオルフェウスみたいに金髪になるだけですね。さっそく、竜翔先生。髪を染めましょう」

摩璃子の手には、赤い鞄のほかに、大きな手提げ紙袋があった。

「一式、もってきましたから」

翔は苦笑した。

「まあ、そんなに急がなくても」

「いいえ。竜翔先生、いっときもむだには、できません。さ、洗面所に行きましょう」

翔は抵抗しようとした。

「でも、ぼくが金髪になったからって、無理だよ。ナイト・ドッグを眠らせるなんて、とてもできないよ」

「いいえ、外形がたいせつなんですよ」

摩璃子が言った。

「内部をつくるためには、外形がたいせつなんですよ。オルフェウスになるには、絶対に、金髪にならなければいけないんですよ」

「そうかなあ」

「そうなんですよ」

摩璃子が強い口調で言った。

「すてきですよ、竜翔先生が金髪になるなんて、ねえ、美織ちゃん。そう思うでしょ？」

美織がうなずいた。

「そうですよ。竜翔先生、きっと、すてきになりますよ」

摩璃子が、翔の手に、白いバスローブをわたした。

「さあ、洗面所へ行きましょう。その前に、このバスローブを、隣の部屋で着てきてください」

鏡の前で、バスローブをまとった翔は、床屋で着せられる、白いうわっぱりのようなものを着させられて、ひもで首筋をしぼられた。
「いいですか、動いちゃいけませんよ。このトリートメント、ものすごく強力なんですから。ふつうは脱色してからでないと、金色にはなかなか染まらないけれど、これはちがうんですよ。青山で美容室を経営する友人から、わざわざ分けてもらったものなんですから」

摩璃子は、プラスチックの櫛に、チューブから金色のカラートリートメントをぎゅっとしぼりだした。それから、翔の地髪に、べっとりと金色のトリートメントを塗り始めた。鏡の後ろでは、美織が眼を丸くして、みまもっていた。

なんてことだ。ぼくはこの年で、ヤンキーになるのか。

しかし、摩璃子は容赦なかった。厚く厚く、金色に塗りたくったのだ。
「さあ、完成です」

摩璃子がそう言ったのは、塗り始めてから、三十分後だった。
「このあと、十五分ほど、このままにしておきますから」

摩璃子はタイマーをセットして、言った。

「あと十五分もかい」

翔はぶつぶつ言った。

「そうですよ。わたしたち、洗面所の外で、お茶していますから。竜翔先生はタイマーが鳴ったら、風呂場でシャワーを浴びて、シャンプー、リンスをして、カラートリートメントを流してください。さ、行きましょう、美織ちゃん」

そう言うと、摩璃子は美織を連れて、洗面所を出て行った。

なんて情けない姿だろう。

翔は鏡に映る自分を見て、思った。

金色にぺったりと髪が撫でつけられた姿は、いかにも変態王子のような、気色の悪い顔に、感じられた。

こんなことしなきゃ、オルフェウスになれないというのだろうか。

やがて、タイマーが鳴った。

翔はうわっぱりを取り、バスローブを脱ぎ、風呂場に飛びこんだ。熱いシャワーを頭からじゃぶじゃぶ浴びた。アロマ・シャンプーをいつもの倍くらい使って、髪を洗った。それからアロマリンスをつけて、ついでに歯磨きをした。

風呂場から出ると、バスタオルで体をふき、ドライヤーで髪を乾かした。洗面所の横の衣装棚に入れてある下着をはき、ジーンズとシャツを着た。鏡を見ると、別人がそこにいた。

なんか、変だ。

洗面所から出ると、美織が翔を見て、ぱちぱちと手を叩いた。

「すてき、竜翔先生。まるでギリシア神話から出てきたみたい」

摩璃子もうなずいた。

「いいじゃないですか、竜翔先生。わたしの眼にまちがいはなかったですね。ほんとうにオルフェウスみたいですよ」

翔は思った。

そうかなあ。変だよ、これは。


そのあとは、ささやかなパーティーのようになった。美織が青山神社からもってきた三段重ねの折詰があけられた。眼にも美しい、京都の懐石料理だった。一段目に、翔の好物の煮あわびが、みっつも並んでいる。

「あっ、あわびだ」

翔の機嫌がたちまちよくなった。

「祖母が、今朝からつくっていたんです。竜造寺先生にさしあげるための料理だって。

今夜のサプライズにしようと、あのときは言わなかったんですけど」

美織が言った。

じゃあ、今日の午後に美織に会ったときに、さよはこれをつくっていたのか。

翔は思った。

底意地悪そうな顔しているけど、根は案外に、いいおばあさんかもしれないな。

摩璃子はシャンパンも用意していた。

「さあ、現代のオルフェウスに、乾杯」

摩璃子がからかうように言った。

「乾杯」

美織が細い声で言った。あわびに気を良くした翔も言った。

「乾杯」

シャンパンはおいしかった。それに、あわびはとびきり美味だった。焼き松茸や、ウニの煮凝りなど、手の込んだ懐石料理を、早食いの摩璃子に負けまいと、翔は夢中になって食べた。

そのとき、後ろから、ささやくような声がした。

――わたしも、あわび、食べたいなあ。

はっとした。

さっきと同じ声だ。

翔は、摩璃子と美織を見やった。

もしかして、ふたりにも聴こえたのか。しかし、ふたりともその声は聴こえていないようだった。ふたたび、声が聴こえた。

——わたしも、シャンパンのロゼ、飲みたいなあ。

びくっとして、翔は摩璃子と美織を見た。だが、ふたりともその声に気づいていない様子だった。

ひょっとして、この部屋に棲みついていると噂されている、幽霊なのか？　白石すず、とかいう、飛び降り自殺した女優の声なのか？

「あの、ちょっと、場違いなんじゃないかな」

翔は、幽霊に聴こえるように、つぶやいた。

すると、美織が言った。

「ごめんなさい、わたしたち、場違いだったんですね」

翔はあわてて首をふった。

「いや、君に言ったんじゃないよ」

すると、摩璃子がむくれた。

「わたしに言ったんですか、じゃ」

翔はさらにあわてた。

「いやいや、ちがうって。君たちふたりに言ったんじゃないよ。つまり、いま書いている小説の続きが、ふいと口をついて出たんだよ」

摩璃子がするどく反応した。

「それって、わたしの担当しているものじゃないですよね。どこの出版社のものなんですか」

翔はうろたえた。

「いや、これから書こうかなと思っているやつだよ」

すると、背後で、声がした。

――大変だあ、イケメンさんは。金髪になって、美女三人にかこまれて。

翔は、背後を睨みつけた。

こらっ。幽霊かなにか知らないが、だまっていろ。

「どうしたんですか、竜翔先生」

摩璃子が言った。

「そっぽを向いて、なにかを睨みつけているみたいですけど」

そのときだった。美織が細い声で言ったのだ。

「あそこに、白い影が浮いていますね。あれって、幽霊かしら」

翔はぎょっとした。

もしかしたら、美織には、すずの姿が視えているのか？　ふつうの者には視えない物象が、美織には、視えるのだろうか。

美織が小さな手をあげて、さよならをするように手をふった。

「あら、なにしているの、美織ちゃん」

摩璃子が言った。

「幽霊さんが消えていきそうだから、サヨナラしたの」

美織がつぶやいた。

摩璃子が、翔の顔を見た。

「竜翔先生、この部屋には、幽霊が棲みついているんですか」

「まさか」

翔は言った。

「そんなの、いないよ」

それから、翔は美織に目配せして言った。

「いないよね」

美織はにっこり笑って、うなずいた。

「ええ、いません」

摩璃子が大きな眼を光らせて、疑りぶかそうに翔を見て、それから美織を見た。

「なんか聞いたことあるんだけれど……。たしか、このあたりで、劇団女優が飛び降り自殺したって……」

ぶつぶつとつぶやく摩璃子に、翔はシャンパンをついだ。

「さあ、オルフェウスとその竪琴に、乾杯しよう」

十　竪琴の力

あくる朝、翔は気分よく目覚めた。

シャワーを浴びたあと、鏡で金髪の自分を、しみじみと見やった。

オルフェウスか……。ひとつ、練習してみるか。

翔はシャツとジーンズを着た。パソコンの横に置いていた銀の腕輪を見た。

「ま、御苑では要らないだろう」

翔は竪琴を手にして、マンションを出た。ママチャリには乗らず、歩いて新宿御苑の前まで行き、御苑の中に入って行った。

いつもの場所である、アメリカン・プラタナスの三本の大樹の中心に、翔は立った。

よし、ここでためしに、弾いてみよう。

翔が竪琴をかまえたときだった。

突然、まわりの灌木をかきわけるようにして、大胆なカットの紫のドレスをまとった、赤い髪の女が、黒いハイヒールをはいて、あらわれたのだ。横には、獰猛なナイト・ドッグが赤い眼を光らせている。

翔は慄然とした。

まさか、こんなところまで。御苑は犬の散歩、厳禁じゃないのか。

女は金と黒のヘテロクラヴィアの切れ長の眼を見据えて、脅すように言った。

「竜造寺翔、モルフォ蝶はみつけたか」

「いや」

翔は首をふった。

「髪を染めたりして、なんの真似だ」

女は睨んだ。

「それに、その竪琴はなんだ」

翔は竪琴を構えた。

すると、ナイト・ドッグがいまにも襲いかかろうとするかのように、ガッと口をあけた。翔は、急いで、竪琴の弦を指でつまびいた。深い音が御苑のなかで鳴り響いた。

だが、ナイト・ドッグは眠るどころか、うなり声をあげた。

きかないぞ。

「きさま、なにをしようというのだ」

女が嘲笑した。

竪琴を弾けば弾くほど、ナイト・ドッグはかえって獰猛になるようだった。凄まじい声でうなり、うなり、近づいてくる。ケヤキ並木で、魔よけの腕輪を噛んで、牙を一本とられた恨みもあるようだった。

だめだ。

翔はあせった。

しまったぞ。こんなことなら、せめて魔よけの腕輪、つけてくるんだった。

「さあ、ナイト・ドッグに食われろ」

女が哄笑《こうしょう》した。

「おまえは指だけでなく、全身を食われるのだ。モルフォ蝶をつかまえてくる才覚もなさそうだしな、もう、用はない。あとかたもなく、食われてしまえ」

あとかたもなく？

翔はぞっとした。

まゆみのひとさし指が綺麗に消えたように、ぼくの全身も消えてしまうのか？

「さて、おれもむごい光景はあまり見たくないからな。あとはナイト・ドッグにまかせて、立ち去ることにしよう」

そう言うと、女はつむじ風のように立ち去った。

翔は、竪琴を手に、ナイト・ドッグと向かい合う羽目におちいった。

もはや、絶体絶命だ。

そのとき、ラミネート加工の一覧表を見せながら、摩璃子の言った言葉が胸をよぎった。

――いいですか。それが手に入ったら、『自己催眠』ですよ。ぼくは、オルフェウスだ。ぼくは神話のオルフェウスだって、自分に言い聞かせるんですよ。きっとなれますから。竜翔先生は、神話のオルフェウスになれますから。

よし、『自己催眠』をするのだ。いいか、ぼくは、オルフェウスだ。神話のオルフェウスなのだ……。

翔は自分に強く言い聞かせた。

そして、念をこめて竪琴を弾いていると、そのときだった。翔の脳裡に不思議なヴィジョンがひらめいた。それはまさしく、得意技九番めの『バード・アイ』で捉えられたような、空からの鳥瞰図だった。

それは地獄の門の光景だった。

ギュスターヴ・ドレが描いた地獄のような、死者たちの嘆きの声が染みついていそうな、呪われた暗鬱な門がそびえていて、その前では、オルフェウスに向かって、番犬のケルベロスがうなっていた。

いまにも噛みつきそうだったケルベロスは、しかし、オルフェウスが竪琴を弾きはじめると、うなるのをやめた。そして、竪琴の調べをききいるように赤い眼を閉じた。

やがて、気持ちよさそうに、うとうとしはじめた。

オルフェウスは竪琴を左手で奏でながら、ケルベロスの第三の眼のあたりに、そうっと、右手のひとさし指を伸ばした。

「サード・アイ」だ。

ケルベロスの「サード・アイ」に、オルフェウスが触っている。

そう思ったとき、オルフェウスの心にひろがっている光景が、翔の心に映った。オルフェウスは、ひとさし指を通して、ケルベロスのみている夢の光景をかいま視ていた。それは白い翼をもった天使がよろこばしげに天空を羽ばたいている夢だった。

あれは、天使ケルビムではないのか。そうだ、きっとそうだ。天から墜ちる前の、無垢なケルベロスの姿が、あれなのだ。

翔は、はっとして思った。

そうか。だから、ナイト・ドッグはひとさし指を欲しがったのか。

ひょっとしたら、ケルベロスは、自分の「サード・アイ」に触れた、オルフェウスのひとさし指の心地よさが忘れられなくて、せめてもと、金髪の女の子たちのひとさし指をくいちぎっていたのかもしれない。

そうだ、そう考えれば、なんとなくわかる。

翔は一瞬視たヴィジョンに納得し、さらに念をこめて、竪琴を弾いた。

ぼくは、オルフェウスだ。ギリシア神話のオルフェウスなのだ。

翔は、一心に念じた。

すると、牙をむいて、いまにも飛びかかってきそうな姿で、獰猛にうなっていたナイト・ドッグが、いつしか、うなるのをやめた。口を閉じて、頭を垂れた。そして、ゆっくりと地に横たわり、眼を閉じた。やがて、すやすやと眠りはじめた。

眠ったぞ、ナイト・ドッグが。

翔はその姿を見つめながら、竪琴を奏でつづけた。

やがて、ナイト・ドッグが、真っ黒な姿から、変容していった。黒が徐々に薄まり、真っ白な姿に変貌していった。さらに、その顔は、ケルビムと呼ばれたころの白い天使の顔に変わっていったのだ。背中には、白い翼さえも生えてきた。

これが天使ケルビムか。

やがて、翔がみまもるうちに、天使ケルビムは、シャラシャラシャラ……と、白い砂が風に吹き飛ばされていくように、その姿が消え失せていった。

あたりには、静寂がもどった。

翔は、三本のアメリカン・プラタナスの樹木をあおぎ見た。青い空をおおっている樹の葉のあいだを、きよらかな風が吹きぬけ、その向こうでは天使が舞っているようだった。


堅琴を手に、御苑を出た。

マンションにもどって、ソファにすわり、しばらく気が抜けたように、茫然としていると、携帯が鳴った。

「竜翔先生、まゆみの指がもどりましたよ！」

摩璃子の声が歓喜にふるえていた。

「ありがとうございます。竜翔先生、本物のオルフェウスになられたんですね。ケルベロスを眠らせることに成功したんですね。わたし、いま、まゆみの部屋にいるんですよ。竜翔先生、ありがとうございます」

その声が涙声になった。

翔はほうっと息を吐いた。それから、デスクの前にすわり、いつか自分へのご褒美《ほうび》としてとっておいた、ブルゴーニュの貴重な貴腐ワインをあけた。グラスにそそいで、その香りを愉しみ、ゆっくりと飲んだ。

「よかった」

翔はつぶやいた。そして、堅琴をつまびいた。

深い響きが、あたりを領した。

十一　エピローグ

あくる日、翔はママチャリの前カゴに竪琴を入れて、澁澤伯爵邸へ行った。細面の女性は今回も知らんぷりをして、初めて来訪した者のようにあしらった。

「どなたさまでしょうか」

翔は言った。

「竜造寺です。澁澤伯爵に、竪琴を返しに来ました」

澁澤伯爵は、いつもの部屋で、ピアニストの舞台衣装のような燕尾服を着て、スタインウェイのピアノを弾いていた。バッハの平均律クラヴィアの第一巻、最後の前奏曲とフーガ、ロ短調だった。

あの天才グレン・グールドのように、喜悦の声を漏らしながら、演奏する姿は、それなりに、さまになっていた。

やがて、弾き終えた澁澤伯爵は、翔を見やった。

「ありがとう、ございます」

翔は竪琴をさしだして、言った。

それを受け取りながら、澁澤伯爵はたずねた。

「どうだったかね、この竪琴は？」

翔はうなずいた。

「ええ、本物の竪琴でした。おかげさまで、うまくいきました」

それを聞くと、澁澤伯爵は眼を丸くした。

なんだ、本人が信じていなかったのか。

翔は思った。

「そうかね。本物だったかね……」

澁澤伯爵は驚きを隠せない声で言った。翔はうなずいた。

「ええ。そうでした。これはとても素晴らしい音色を奏でる、まさしくオルフェウスの竪琴でした……」

第二話　了

参考図書

『ミステリーズ』コリン・ウィルソン著　高橋和久・南谷覺正・高橋誠　訳（工作舎）

本作品は当文庫のための書き下ろしです。

文芸社文庫

ふしぎ探偵 竜翔

二〇一五年十二月十五日　初版第一刷発行

著　者　小沢章友
発行者　瓜谷綱延
発行所　株式会社　文芸社
〒一六〇－〇〇二二
東京都新宿区新宿一－一〇－一
電話　〇三－五三六九－三〇六〇（編集）
〇三－五三六九－二二九九（販売）
印刷所　図書印刷株式会社
装幀者　三村淳

ISBN978-4-286-17169-2